安宁 著

寂静人间

天津出版传媒集团

百花文艺出版社

图书在版编目（CIP）数据

寂静人间 / 安宁著. -- 天津：百花文艺出版社，
2021.4

ISBN 978-7-5306-7989-0

Ⅰ.①寂… Ⅱ.①安… Ⅲ.①散文集-中国-当代
Ⅳ.①I267

中国版本图书馆 CIP 数据核字(2020)第 253655 号

寂静人间
JIJING RENJIAN
安宁 著

出 版 人:薛印胜
选题策划:汪惠仁　　　　**装帧设计:**郭亚红
责任编辑:张　雪
出版发行:百花文艺出版社
地址:天津市和平区西康路 35 号　**邮编:**300051
电话传真:+86-22-23332651（发行部）
　　　　　+86-22-23332656（总编室）
　　　　　+86-22-23332478（邮购部）
网址:http://www.baihuawenyi.com
印刷:山东临沂新华印刷物流集团有限责任公司
开本:787×1092 毫米　　1/32
字数:160 千字
印张:7.25
版次:2021 年 4 月第 1 版
印次:2021 年 4 月第 1 次印刷
定价:50.00元

如有印装质量问题，请与山东临沂新华印刷物流集团有限
责任公司联系调换
地址:山东省临沂市高新技术产业开发区新华路 1 号
电话:(0539)2925659　邮编:276017

目 录

自 序

我花费了整整一年的时间，写这本关于乡村自然风物的书，在"乡村三部曲"的写作完成之后。那时，我以为五年足以让我厌倦乡村系列的文字。可是，我还是忽然想要写这本关于"风花雪月"的自然之书。就好像，我在写了多年喧哗的乡村人情世故之后，希望自己能够安静地远离它们，化成一朵云，一缕风，一弯月，不染尘埃，洁净自由。这样，我在这个世上，便脱了庸常的躯壳，不复过去风尘仆仆的倦怠。

是的，我在用一本书，清洁自己的内心，洗去所有遗落在童年的尘埃。就好像，我以婴儿般圣洁的身体，又重新降临到这个世界。

相比起喧哗的人群，我更愿意一个人在风中行走。记忆中故乡的风，是煦暖的、舒缓的，少见浩荡的大风。也只有而今居住的内蒙古，常有大风呼啸而过。恰是这样的时刻，会唤醒我心底对于自然的眷恋。我想与风消融在一起，犹如草原上的烈马，飞奔过每一片苍凉的戈壁，或者茫茫的草原。

而热闹的人群，常让我倦怠，我在其中不复是一匹狂野的马，转而缩小为一只远离了自然的蚂蚁，在无数只永不停歇地奔走的脚下，惊慌躲闪。只有突出重围，回归至苍茫的大地，那安静流淌的河流，涌动着万千金子的麦浪，弥漫着植物芳香的泥土，才会让我觉得身心舒畅、灵魂饱满。

所以我愿意为自然中一切抚慰过我的细微事物书写：落叶、泥土、野草、月亮、河流，或者风雪。它们让人心孤独，但那是快乐的孤独，我沉浸其中，觉人生静寂美好。即便而今身处城市，我依然像一个乡间的孩子，会在散步的途中，忽然间停下脚步，只为看一会儿涌动着大片云朵的深蓝天空。或者蹲下身去，注视一只蚯蚓如何慢慢爬过洒满温柔月光的小路。有时，我也会在一片小小的花园里驻足，流连于阳光落在茎叶上的好看的影子。或者注视一蓬丛生的野草溢出道路，在细雨中发出轻微的声响。

在这个人们匆匆行走的北疆的城市，自然以动荡辽阔之姿，穿越高楼大厦和市井街巷。一切都是大写意的空。猎猎大风，席卷过四季，纳括了世间所有的悲欢。而在冬日，大雪覆盖了戈壁、草原，也覆盖了塞外之城。天空是迷人的宝蓝色，空荡无云，一切犹如琥珀中的小虫，晶莹剔透，动人无比。我在清冷的空气中穿行，常会生出感动，为可以扫荡世间尘埃的风雪。我还会想起故乡，在没有暖气的乡下的冬日，我瑟缩着身体出门，双脚踩在厚厚的积雪上，发出咯吱

咯吱寂寞的声响,那声响回荡了我整个童年。

而此书中所有的文字,不过是为这一点儿如此长久地震荡着我的自然的声响,所留下的浅淡的印记。就在此刻,大风吹落北方树叶的秋天,我听到窗外夜色中传来狗吠的声音,一个人轻咳着走过楼前。风撞击着窗户,像一个深夜醉酒的人。一只猫发出荡人心魄的叫声,而后悄无声息地消失了。月亮高高地挂在天上,散发着清幽皎洁的光辉。所有人都已经睡了,而我在这样可以听到火车轰隆轰隆驶过的夜里,将这个夜晚的自然之美一一记下。

人生最好的境界,不过是像自然中的一株树、一朵花、一滴雨、一只飞虫一样,以从容淡然之姿,静寂行走。自然中的生命,少有焦灼和功利。也因此,一座山,可以永恒般地伫立世间。一条河,可以生生不息地奔涌。而一棵树,可以千年不朽。它们俯视着大地上奔波劳碌、声嘶力竭的人类,不发一言。

我愿做自然的孩子,坦荡、赤诚、清洁。

所以,我写下这本书。

是为序。

风

　　起风了。

　　我坐在一棵梧桐树下看天。天空上的云朵在跟着风走，起先是一小朵一小朵的，像春天落在沟渠里的柳絮，风一来，就溜着沟沿走，谁也不搭理谁，谁也不依恋谁。那些细碎的云朵，它们没有来处，也不知去向。地上的人并不晓得这一朵云和那一朵云的区别，甚至还没有抬起头来看它们一眼，南来北往的风就将它们全吹散了。后来，云朵就越聚越多，风起云涌，大半个天空很快就被它们占据了。

　　风有些着急了，试图以更大的力将云朵重新吹散。可是云朵却深深地在天空扎下根去，盘根错节，枝繁叶茂，任由风有再浩荡的力量，也终于奈何不了它们。

　　弟弟起初在树下玩泥巴，风将他皱巴巴的衣服一次次地吹起，执拗地要寻找一些什么，可是最终连一粒糖也没有找到，于是便无聊地将衣角无数次地掀起，放下，掀起，又放下。弟弟着了迷似的，沉浸在泥塑的坦克大炮中，嘴里发出

"嘟嘟嘟"的机关枪声，还有一连串"嘭嘭嘭"爆炸的声响。他连一只蚂蚁爬上脚踝都没有注意，更不用说那一股不知从何处而来的风的撩拨。

风还在持续地吹着。它们越过连绵不断的山，吹过空空荡荡的田野，拂过被砍倒在地的玉米，试图带走一枚野果，却不能如愿，只好恋恋不舍地将其丢弃，又继续向前，扫荡孕育中的大地。田间的草被风吹得快要枯了，可还是拼尽全力从泥土里钻出最后的一抹绿。那绿在风里瑟瑟地抖着，左右摇摆，不确定要不要继续向半空里流动。风冷着脸，原本想将这已荒芜的草连根拔起的，却使不上劲，于是便呼哧呼哧地喘着气，沿着一大片草兜兜转转了许久，到底还是觉得无趣，伏下身体，蛇一样嗖嗖地擦着草尖向前。

后来，风就抵达了一片久已无人照管的桑园，看到了坐在梧桐树下的我，还有在自编自导自演的战争中，呜呜喊叫不停的弟弟。他的裤子上满是泥，脸上只剩下一双黑亮的眼睛。因为太瘦了，他整个的人就隐匿在衣服里，消失不见。于是风吹过来，只听见衣服绕着一截树桩一样，啪嗒啪嗒地响着。

风一定试图带走我和弟弟，于是它们在这小小的山坡上逡巡逗留了许久。相比起我卷曲细软的头发，它们显然对弟弟的"坚船利炮"更感兴趣；它们叉着腰，居高临下地斜睨着弟弟，并将他用草茎做成的旗帜一次次地拔起。风还在

风

半空里发出怪异的笑声,那笑声长了脚,阴阴地从四下里聚拢来,俯视着再一次将草茎插到船上的弟弟。风当然笑嘻嘻地又吹跑了那无用的旗帜,并在恶作剧后,哗啦一下四散开去。风散开的时候,同时卷走了那根草。于是那草就沿着山坡,一路打着滚,踏上未知的旅程。弟弟生了气,停下激烈的战斗,跑去追赶他的旗帜。风哼着小曲,嘘嘘地笑着,嘲弄着弟弟,并将他的所爱吹得更远,一直到那根草落进了沟渠,并打着旋儿,顺水漂向更远的地方。

　　弟弟在沟渠旁站了好久,才垂头丧气地反身回来。他已经没有热情再开始另外一场战争,尽管处处都是草,他完全可以随手扯一根新的草茎,重新投入战斗。他就在一步步朝山坡上走来的时候,忽然间看到了天边风起云涌的壮美景色。五岁的他,迎着风,张着嘴巴,傻子一样呆愣在原地。他的口水顺着唇角流淌下来,好像他在看的不是大朵大朵的云,而是一大锅咕咚咕咚冒着热气的猪头肉。他还不知道"美"是什么,也不知该如何表达,于是他就"啊啊"地朝我叫着,喊着:姐姐,快看,云要打仗了!

　　无数的云聚集在一起,要跟谁打仗呢?当然是风。风浩浩荡荡地在秋天的田野里吹着,以一种收缴一切战利品的骄傲的姿态。这时的它们,早已将村庄的大道、人家的房顶、迎门墙上剥落了颜色的不老松、庭院里的鸡鸭猪狗,全给扫荡了一遍。风明显不屑于在墙角旮旯里小家子气地兜来转去,它们是有大志向的,它们要有气贯长虹的豪迈,要有吞云吐雾的气势。于是风扭头冲向云霄,开启了一场在遥远天边的战斗。

我和弟弟抬头看着天边的云,直看得脖子都疼了,风还没有散去。风一定也有些累了,在黄昏里慢了下来。凉意自脚踝处,蛇一样一寸一寸地爬上来。那是风带来的凉,来自更为遥远的北方大地。在更北的北方,有什么呢?森林、沙漠、河流、戈壁,还是荒原?风从那里吹过,要马不停蹄地行经多少个日日夜夜,才能最终抵达这个小小的村庄?并搅动一场与云朵的战争,且恰好让我和弟弟看到?

那时的我,去过的最远的地方,不过是热闹的县城。我连火车也没有坐过,只从父亲的口中,听说他常去送货的地方,要经过一段长长的铁轨。我于是便想象着火车呼啸而来时,风将路上的草屑卷起,落在父亲的衣领上。他微闭起眼睛,躲避着半空飞舞的尘埃。风将震耳欲聋的声音,强行灌入他的耳中。或许,父亲会像个孩子一样,用手指堵住双耳,并微微地张开嘴,好奇地注视着这庞然大物的离去。在那样的一刻,火车带走了他在尘世的哀愁,那些穷困的日子,也暂时地被忘却,或抛弃在某个灰暗的角落。一切都忽然地生了翼翅,带着似乎从未有过梦想的父亲,奔向色彩瑰丽的远方,奔向他也曾经想要驰骋天下的未来。风将一切鸡零狗碎、柴米油盐的日子推远,父亲的自行车后架上,驮着的麦子、地瓜、粉皮，都自动隐匿。在铁轨上的风快要消失的时候，父亲或许有过瞬间的冲动，想要追赶那列远去的火车，或者变成任何一个车窗内曾经给过他注视的旅客，而不管他们是否跟他一样陷在日常的琐碎中。他只想去远方，猎猎的大风吹来的远方。就像那一刻，跟着天边的云朵，一起飞往虚空之地的我和弟弟。

天一黑下来，风就被关在了房间之外。我在窗前的灯下，做着无休无止的模拟试卷。我不知道人一天天长大，为什么也要一场场考试，但我却明白，这一场场考试，可以将我送往大学里去。大学在哪儿呢，当然是在远方。想到这一点，我便将心继续沉入试卷中。窗外的世界，也慢慢浸入湖水一样的安静里，于是风的声音，便越发地清晰起来。

院子里有搪瓷盆碰到水泥台子的声音，那是母亲在洗手。她刚刚给牛铡完睡前的最后一次草，并将刷锅水倒入猪盆里，用力地搅拌着猪食。猪们早早地就听到了，扒着猪圈的墙，站起来向外看着。弟弟拿着木棍，用力敲打着一头想要出人头地的猪，那猪于是无奈地重新回到猪槽旁边，并用哼哼表达着心中的不满。我透过窗户，看到手电筒清冷的光里，母亲正将一盆冒着热气的猪食，哗哗倒入槽中。她的一绺头发，被秋天的冷风不停地吹着，好像墙头上一株摇摆的草。随后便是猪们一头扎进槽里猛吃的声音。墙角的虫子要隔上许久,才会在风里发出一两声低低的鸣叫;那叫声有些冷清,是一场热闹过后孤独的自言自语,无人搭理,也不奢求附和。

在父亲将自行车推进房间里来, 弟弟也将尿罐端到床前的时候,院子里终于安静下来。整个村庄里于是只剩了风的声音。风从一条巷子穿入另一条巷子,犹如一条冷飕飕的蛇。巷子里黑漆漆的,但风不需要眼睛,就能准确地从这家门洞里进去, 越过低矮的土墙, 再进入另外一个人家的窗户。巷子是瘦长的,门是紧闭的,窗户也关得严严的,风于是只能孤单地在黑夜里穿行,掀掀这家的锅盖,翻翻那家的鸡窝,躺在床上尚未睡着的人,便会听到院子里偶尔一声奇怪的声响,像是有人翻墙而入。但随即那声响便消失不见,人等了好久,只听见风在庭院里穿梭来往,将玉米秸吹得扑簌簌响,也便放下心来,拉过被子蒙在头上,呼呼睡去。

当整个村庄的人都睡了,风还在大街小巷上游荡。那时候的风,一定是孤独的。从巷子里钻出的风,遇到从大道上来的风,它们会不会说些什么呢?聊一聊它们曾经进入的某一户人家里,男人女人在暗夜中发生的争吵,或者老人与孩子低低地哭泣,还有一条瘦弱的老狗,蜷缩在门口的水泥地上有气无力地喘息。

夜晚的风一定比白天的风更为孤独。它们不再愤怒地撕扯什么,因为没有人会关注这样的表演。于是它们便成了游走在村庄夜色中的梦游者,被梦境牵引着,沿着村庄的街巷,面无表情地游走。

我终于在昏黄的灯下,做完了试卷。那时,所有的星星都隐匿了,夜空上只有一轮被风吹瘦了的月亮,细细的,摇摇晃晃地悬挂在村庄的上空,好像渴睡人的眼睛。月亮看到了什么呢?它一定洞穿了整个村庄的秘密,知道谁家的孩子,比我还要用功地半夜苦读;知道哪个始终嫁不出去的老姑娘,夜夜辗转反侧,无法入眠。它在高高的夜空上,被秋天的风一直吹着,会不会觉得冷呢?没有人会给月亮盖一床棉被,当然,也没有人会给我盖。父母已经沉沉地睡去,临睡前被训斥一顿的弟弟,大约在做一个美好的梦,竟然笑了起来。那笑声如此短促,像一滴露珠,倏然从梦中滑落。而要早起到镇上做工的姐姐,也已起了轻微的鼾声。她将被子裹满了全身,不给我留一点儿进入的缝隙。清幽的月光透过窗户,照在褪色的被子上,一切都是旧的,床、柜子、桌子、椅子、箩筐。一切也都是凉的。

我在上床前,猫在院子的一角,撒睡前最后的一泡尿。风把尿吹到了我的脚上,风还从后背冷飕飕地爬上来,一次次掀动着我的衣领。我的影子被窗口射出的灯光拉得很长,长到快要落进鸡窝里去了。我怯怯地看着那团灰黑的影子,在地上飘来荡去,觉得它好像从我的身体里分离出来,变成黑暗中一个恐怖的鬼魂。风很合时宜地发出一阵阵诡异的呼啸声,树叶也在扑簌簌地响着。忽然间一只鸡惊叫起来,一个黑影倏然从鸡窝旁蹿过来。那是一只夜半觅食的黄鼠狼,它大约被我给吓住了,很快消失在黑暗之中,只剩下同样受了惊吓的一窝鸡,蹲在架子上瑟瑟发抖。我的心咚咚跳着,趿拉着鞋子,迅速闪进门里,并将黑暗中的一切,都用插销紧紧地插在了门外。

我浑身起了鸡皮疙瘩,也不知是被吓的,还是被冻的。我很快钻入了被窝,又下意识地靠近姐姐温热的身体,但蒙眬睡梦中的姐姐,却厌烦地踹我一脚,又翻了一下身,继续睡去。我的屁股有些疼,却又不知该向谁倾诉这深夜里的疼痛,只能自己孤独地揉着,而后蒙了头,闭眼睡去。

窗外的风,正越过辽阔的大地,包围了整个村庄。

午饭过后,父亲将半袋麦子放在"二八"自行车后座上。弟弟兴奋地围过来看,又隔着尼龙袋子,将麦粒捏得咯吱作响,好像即将去上学的是他,而不是我。

我要去送姐姐! 弟弟向父亲请示。

那就送你姐到公路口吧。

我可驮不动你。我抗议道。

那我就跑着! 我要跟洋车赛跑! 我还要跟风赛跑! 弟弟的胸脯高高地挺着,一副自信满满能超越风的样子。

我只好用沉默来表达同意。

弟弟立刻化成一股风,将我的书包从房间里提出来,他还装了一个大大的烧饼,于是书包便鼓鼓囊囊的,丑了几分。我看了心烦,将烧饼掏出来,气呼呼地扔回房间里去。弟弟却依旧笑嘻嘻的,看我出来,推动车子,他便瞬间飞奔至大门口,又忽然停住脚步,回头注视我推着车子,摇摇晃晃地向他走去。

我想甩掉弟弟,便在走出巷口后,趁他不注意,跳上自行车奋力蹬了起来。风有些大,又是顶风,于是我的计划执行起来便有些吃力。但我却硬起心肠,不打算回头去看弟弟。我只听见他跟在我的车子后,快乐地奔跑着,嘴里还发出啊啊啊的喊叫声。风在耳边呼呼地响着,风也一定在奋力向后扯拽着弟弟的双脚。我听见弟弟在呼哧呼哧地喘着粗气,他的脸一定也是红红的吧,我想。我能感觉到他在车后几米的位置,却始终追赶不上。但他越来越近的喘息声,却又告诉我,他一定可以将我追上的。于是我又故意加快了蹬车的速度,但风也跟我较劲一般,把我用力地向后拖拽着。车子摇摇晃晃,半袋麦子眼看也要坠落下来,我有些泄气,恨不能跳下来,自己扛起麦子走人,将一堆废铁留给讨人嫌的弟弟。可是我又不想在他面前丢掉最后的颜面,便硬撑着,低头弯腰费力地蹬着车,好像那个倒霉的骆驼祥子。

忽然之间,车子变得轻了起来,犹如生了翼翅一般,我几乎想要高声歌唱,并放慢车速,怡然自得地欣赏一下风吹过秋天大地的美，或者深情地嗅一嗅泥土里散发出的成熟谷物的芳香。至于那个总是流着长长鼻涕的脏兮兮的弟弟，我才懒得理他。最好他化作一阵风，从我的面前彻底地消失掉。

可是没有，他依然在后面撒欢儿地奔跑着。只是，他在推着后车架奔跑。我低头，看到他的双脚，小马驹一样欢快地跳跃着，脚上的布鞋照例顶出一个洞来，看得见倔强的大脚趾，笑嘻嘻地探出头来。风将他包围着，但他有的是乘风破浪的力量，我觉得身后的弟弟，变成了一尾鱼，于波涛之中，奋力地向前。风一次次将他推回到岸边，他又一次次执拗地跃入汪洋之中。他甚至对这样的游戏乐此不疲，并用大声的呼喊表达他内心的快乐。

姐姐，我们一起跟风比赛吧！

但他并不等我的回复，便跳到车子的前面去。这次，我看到了他奔跑的样子，瘦瘦的，两条小腿在裤管里荡来荡去，好像那里是两股无形的风。后背与前胸上的衣服，快要贴到一起了。我觉得弟弟又从鱼变成了轻薄的纸片人，或者一只柔弱的蝴蝶，一阵小小的风，都能将他从这个村庄里吹走。可是他却丝毫不觉得自己的弱小和卑微，他的内心里涌动着强大的力量，这力量大到不仅仅可以对抗那一刻的风，还能对抗整个世界。

是的，那一小段路，他追赶的不是我，也不是风，他在追赶他自己，一个被我嫌弃的小小的自己。

他就那样在我的前面跑啊跑，跑啊跑，有那么一刻，我甚至希望这条乡间的小路，永远都不要有尽头，就像这个世界上的风，也永无休止一样。我跟着他，奔跑到哪里去呢？我不知道，我也不关心。我只想这样注视着他瘦小的背影，倾听着他清晰的呼哧呼哧的喘息声，就像我们是在一条时光隧道里无休无止地奔跑，而这条隧道的尽头，则是成年之后，不复昔日亲密的我们。

风果然在很多年后，将我和弟弟蒲公英一样吹散了。我跟随着风，去往北方以北，那里是所有风的源头，无数缕风，犹如千军万马，从沙漠、草原、戈壁一起出发，向着无尽的南方奔去。当我站在荒凉的戈壁滩上，看到沙蓬被大风裹挟着，漫山遍野地流浪，什么东西将它们拦住，它们就停留下来，将种子播撒在那里。一株沙蓬草，究竟能走多远呢？当它们的双脚，被石块、泥土、沙蒿、枝条或者大树牵绊住的时候，它们的心底浮起的，究竟是宿命一样的悲伤，还是终于寻到归宿的欢喜？有谁会关心一株沙蓬一生颠沛流离的命运呢？它们没有双脚，却借助风，在北方大地上游荡。如果幸运，一株沙蓬会遇到湿润的泥土，生儿育女、繁衍不息；而后将它们的流浪精神，完美地复制给后代。于是秋天一来，沙蓬这一大地上的浪漫种族，便跟随着风，开始了一场大规模的迁徙。它们穿过山野、戈壁、荒原,越过黄河、沙漠、村庄。它们一定比一个人漫长的一生,历经过更多的风景。它们看到过一头牛行走在草原,一个人赶着马车孤独前行,一个鸟巢在半空中摇摇欲坠,一棵树被雷劈开,死在荒野。它们在风里互相追逐着奔走的时候,一株沙蓬会不会跟另外的一株说一会儿话?会不会像我和弟弟,在村庄大道上一前一后地飞驰,互不言语? 如果某一天它们走丢了,是不是永远不会再有相见的日期?爬山调里唱:"我是一棵沙蓬草,哪搭挂住哪搭好。"这歌声里,蕴蓄了怎样一种对于命运的顺从与无奈啊!

当我在蒙古高原上,写下这些文字,又想起那个孤独的午后,我和弟弟站在风里看天上的云。风最终将那些形形色色的云全部带走,不留印痕。风也带走了村庄里许多的人,他们或者寂寞地死去,或者像沙蓬一样,流浪进城市。风最终将一个老去的村庄,丢给了我。

而这时,如果我回到村庄,蹲在墙根下,眯起眼睛,晒晒太阳,我一定又可以听到风的声音。那声音自荒凉的塞外吹来,抵达这堵墙的时候,已经是春天。风暖洋洋的,在我耳边温柔地说着什么。去年的玉米秸,在风里扑簌簌地响着,它们已经响干响干的,一点儿火花,都可以让它们瞬间呼隆呼隆地燃烧起来。空气中有一种甜蜜、好闻又热烈的味道,那味道似乎来自遥远的童年, 在我还是一个孩子的时候。那时,我依偎在母亲的怀里,小猪一样拱啊拱,拱啊拱,最终,我寻到了世间最幸福的源头——母亲的乳房。

那一刻,风停下来。

整个的世界,都是我的。

雨

雨淅淅沥沥地下着,把人的心都淋得湿漉漉的。

我坐在屋檐下看书,心却穿过重重的雨幕飞到天空上去。如果从空中俯视我们的村庄,一定是被水雾氤氲环绕,犹如仙境一样的吧?至于这仙境里有没有小孩子在哭,或者像我一样,因为周一的学费还没有着落而愁肠百结,那谁知道呢?因为雨,家家户户的哀愁似乎都变得轻了,不复过去当街打骂的酣畅与决绝。就连人家屋顶上的炊烟,也被雨洗了一般,越发的轻盈、洁净,接近于一种空灵纯净的蓝。

一切都浸润在雨里。一只穿破了打算扔掉的布鞋在一小片水洼中横着,它恨自己不是船,永远没有办法驶出家门。这是春天的雨,缓慢、抒情、滴滴答答,敲打着这永无绝灭似的虚空。弟弟的玩具线箍,没有来得及捡拾,便胡乱地丢在梧桐树下。如果雨一直这样下着,或许它会像井沿边那几根堆放在一起的榆树木头,在背阴处悄无声息地长出黑色的木耳。那些木耳总是在人还没有发现的时候,就忽然间一簇簇冒了出来。它们在雨中黑得发亮，好像那些被砍伐掉的榆树都成了精，生出无数黑色的眼睛。有时候，在它们的周围，也会长出一些白色的小蘑菇，鲜嫩可人，湿润润的，采下来洗洗，丢到汤里去，香气很快便溢满了屋子，就连经年的旧墙壁、红砖铺成的地面，也似乎被这雨水滋润过的蘑菇的清香给浸润了；人喝完汤水好久，坐在房间里望着雨惆怅，还会觉得有一朵一朵的蘑菇，在雨水中盛开。

蜗牛更不必说了，它们早就在潮湿的泥土里，嗅到了春天的气息。也或许，它们还在梦中，就已听到雨水打在窗棂上，发出的滴滴答答的响声。那声音在梦中如此遥远，又那样亲近，一只蜗牛隐匿在这苍茫的雨幕之中，睁开眼睛，伸了一个懒腰，才将触角小心翼翼地碰了一下草茎上的雨珠，知道外面已经是温暖的春天，也便放心地钻出泥土，朝昔日它们喜欢的树上、墙上或者井沿上爬去。

我和弟弟穿着雨衣，在墙根下观察一只刚刚钻出泥土的蜗牛。这只蛰伏了一整个冬天的蜗牛，被雨水一冲，身体便绸缎一样柔软光亮。当它慢慢向上攀爬的时候，这匹闪烁着金子一样光泽的绸缎，好像有了呼吸。这呼吸如此动人心魄，是大海一样深沉的力量，一股一股地向前，推动着这生机勃勃的力。我着迷于蜗牛身体里蕴蓄的丰沛饱满的热情，注视着它爬过一根腐朽的木头，越过一块滑腻的长满青苔的石头，稍稍喘了喘气，又攀上一株细细的香椿的幼苗，在

雨

一片叶子上，摇摇晃晃地停了下来。原本有许多雨珠聚集在那片叶子上的，被这只蜗牛占据地盘后，它们便纷纷坠落下来。恰好一只蚂蚁路过，对这场突如其来的"大雨"躲闪不及，只好认栽，在一小片水洼中艰难地游了好久，才挣扎着爬上岸去，气喘吁吁地抖一抖满身的雨水，而后拖着沉重的躯体，消失在某一座干枯的柴草垛下。

等我目送那只蚂蚁离去之后，弟弟已经用小木棍，将那只试图安静地蹲在香椿树叶上欣赏无边雨幕的蜗牛，给拨弄到了地上。

我有些生气，训斥他：再这样，小心半夜鬼来敲门，将你拉去变成一只蜗牛！

弟弟本来笑嘻嘻地想继续玩弄那只缩进壳去的蜗牛的，听我这样一吓，立刻惊恐地呆愣住，并将手里的木棍迅速地丢开，好像小鬼已经冷冷地缠上身来。

这时雨下得更大了一些，细细密密地，将天地包裹住。我的双脚蹲得有些发麻，便站起身来，想要走到院子的门楼下去。弟弟却哀戚着一张脸，怯怯地望着我。我不理他，啪嗒啪嗒地踩着雨水，走向门口。

几只母鸡也躲在门楼下避雨。它们蹲在地上，安静地注视着雨水顺着青砖的墙壁，不停地滑落。这让它们看上去更像是一群哲学家。鸡的眼睛里看到的这个世界是怎样的呢？跟我一样是静谧又哀愁的吗？我不清楚。我只是学着它们的样子,放低身体,却将视线朝向永无止境的天空,那里正有雨,绵绵不绝地落下。

弟弟不知何时也学了母鸡的样子,蹲在我的身边。他显然无心欣赏这静美的雨天,不停地抬头看我,脸上依旧是怯怯的。我早已忘了那只被他弄翻在地的蜗牛,不关心它最终去了哪里。我更不关心此刻的弟弟在想些什么,我甚至觉得他跟我并肩靠在一起,有些多余,也有一份被刻意讨好的厌烦。他的脸上照例脏兮兮的,一粒鼻屎摇摇欲坠地挂在鼻尖上,让他看上去像小丑一样可笑。

我不想搭理他,于是侧过脸去,无聊地数着从巷子口走过的人。

我首先看到一个胖大的女人,穿着黑色肥大的雨靴,戴着破旧的斗篷,挺着圆鼓鼓的肚子,慢吞吞地经过巷口。那是柱子家的女人,没多少钱,却生了一张富贵阔气的脸,走到哪儿都长柱子的面子。她喜欢自言自语,并没有什么人与她在雨天里说话,她却一个人边走边絮叨着什么。已经过去巷口有一段距离了,还听见她的声音穿过重重的雨幕,鼓荡着我的耳膜。

随后又见裁缝家的男人大旺,提着两只胶鞋,骂骂咧咧地走过。他的大半个身子都湿透了,衣服上满是稀泥,一看就是刚刚倒霉地跌进一个水坑。大旺用尽世间所有难听的词汇，恶毒地诅咒着这一场雨，好像他今天的好运，全部被这雨给冲走了。我猜想大旺的屁股一定在嗞嗞啦啦地疼着，他的脚也大约崴了，于是走路的时候便一瘸一拐，惹得旁边的一条狗都忍不住驻足，悲悯地注视着他。

邻居胖婶恰好走出巷子，看到大旺滑稽的样子，她那红润润的大胖脸上，立刻荡起一圈开心的涟漪，笑嘻嘻朝巷口喊：哎，大旺，小心回家阿秀嫂给你缝衣服，一针戳到屁股上！

大仓家的女人很斯文，她打伞站在街口，听了这话，竟是有些害羞起来，好像这话跟她有什么关系似的。大旺瞥见好看的大仓女人站在斜对面，本来想放肆地笑骂几句胖婶的，却将那些黄色的笑话，全都憋在了心里，只从喉咙里咕哝出一句不痛不痒的话来：这雨，真不知他妈的下到什么时候！

胖婶没有得到期待中的回复，便有些无聊，仰头看了一会儿灰蒙蒙的天空，踩着漏气的雨靴，扑哧扑哧地朝田里走去。

我的脖子扭得有些酸了，一回头，见弟弟还可怜兮兮地看着我，那一粒鼻屎被他油光可鉴的袖子给擦到了下巴上。我被他看得有些发毛，又厌烦他这条跟屁虫，忍不住瞪眼道：你蹲在这里干吗？快回屋里待着去！

房间里静悄悄的。母亲正在睡觉，父亲在编着菜筐，除了挂钟滴滴答答的响声，在提醒着人时间的流逝，一切便都好像在雨声里静止住了。我知道弟弟和我一样，不喜欢父亲编筐的时候在房间里待着，怕一不留神，扫过桌椅的柳条忽然间没长眼睛，抽到自己的屁股上去。那滋味可比大旺摔进水沟时要疼得多，保证能留下一条长长的红肿的印痕，十天半个月也别想消去。

但我却只想一个人在门楼下待着，安静地听一听雨声，想一想明天去学校，从父母手里讨不到学费，该怎么在众目睽睽之下，跟老师开口解释拖延上缴的原因。于是我看弟弟便百般地不顺眼，像要甩掉脚上一块软塌塌的泥巴一样，一脸怒气地将他远远地甩开去。

弟弟却黏住了我似的，跟我靠得更近了一些。在连吃了我几个白眼之后，他终于哀哀地开了口：姐姐，那只蜗牛，爬到墙上去了，是我帮它爬上去的……

我早已忘了那只可怜的蜗牛，也并不关心这样一个雨天，它究竟会爬去哪儿。一只蜗牛的命运，与我对学费的焦虑相比，是那么的不值一提。甚至，即便弟弟一不小心，将它踩死在这雨天里，我也不过是蹙一下眉，继续去想自己的心事吧。

一只蜗牛终归是一只蜗牛罢了。

我想远远地躲开弟弟，不搭理他的任何讨好。可是在这密密雨幕包裹住的天地里，我却无处可去。像那些男人女人一样,跑到田地里看一眼麦子长势如何吗?我根本就不关心正在拔节中的尚且换不来学费的麦子。或者去苹果园里看一看白色的花朵,有没有被雨水打落在地?即便是一夜风雨将它们全部扫荡,那跟我又有什么关系呢?

眼前的这个雨天,因为明天学费的烦恼,再无最初时那样美好动人。

雨到黄昏的时候,不但没有停下的意思,反而更大了一些。整个世界,似乎都被斜飞的雨雾给笼罩住了。

倚在卧室门口的我,看着即将编完菜筐的父亲,和开始收拾锅灶做饭的母亲,终于鼓足勇气,开了口:爹,娘,我们老师说,星期一必须把学费交上……

什么?必须?哪有什么必须的事!就说家里没借到钱,过段时间再说!

父亲边说边用力地将镰刀砸在最后一根柳条上,那根粗壮的柳条,立刻像楔子砸进了卯里,结实地嵌入柳筐。

我的眼泪哗一下涌了出来。但更多的泪水,则如隐匿的江河,在心底翻滚、动荡,想要寻到一个出口,喷薄而出,却惧怕出口处有父亲的柳条,毫不留情地抽打过来。于是我将所有的呜咽,化成无声的隐秘的哭泣。我低着头,看着湿漉漉的球鞋,我想要躲开父母,却因为不知接下来会发生怎样的恐慌,而定在了原地,挪不动脚。

在雨里撒尿的弟弟,抖着一身的雨水,啊啊大叫着跑了进来。他一定想要给家人分享他最新的发现,比如一只蚯蚓爬出地面,一条毛毛虫啪嗒一声落在他的脚上,但他却敏感地嗅到了房间里正在发酵的阴郁。他于是立刻化成一团空气,逃进卧室里去。与我擦肩而过的时候,他斜侧着身,试图将自己缩小成一根毫毛,以便可以不触碰到我,并将我的眼泪晃落一地。但隔着一厘米的距离,我还是感觉到了他冰凉的手臂和潮湿的裤管。我忽然有些怀念蹲在门楼底下凄凄哀哀地看着我,希望我能搭理他给他说一句什么的弟弟。我又因为这样的怀念,而怨恨此刻叛徒一样只顾自我安危的他。

下一秒,将会有怎样的惊雷炸响呢?我战战兢兢地等着,却又希望什么也不要发生,就像骗人的电视剧里演的,父亲挨家挨户地求人借到学费,母亲则做了好吃的饭菜,为即将住校一周的我送行。

雨下得越发地大了。隐隐地,有雷声自远处传来。房间里暗了下来,却没有人起身将灯打开。我听到雷声翻滚着,咆哮着,千军万马似的,朝庭院里奔涌而来。我心底的恐惧越发地深了。我想起无数个雨夜,雷声在屋顶上炸响,一道刺眼的光,将黑暗中的一切照亮,犹如白昼。我还想起很久以前,村里的一个老头就被雷劈死在雨夜之中。那个老头一定在某个雨夜里害死过人吧。人们都这样说。

在我试图抵御更多关于雷声的恐怖联想时，弟弟忽然从卧室里走出，小心翼翼地挪到母亲身边。

我听见他小声地向母亲撒娇：娘，我饿了……

若在往常，母亲一定会笑骂他几句"饿死鬼"，并找出一点儿吃的，将他打发掉的。可是那一刻，在全家人压抑的沉默之中，母亲忽然将切面条的菜刀一把剁在案板上，而后大声吼道：要钱的要钱，讨吃的讨吃，一个个全是没本事挣不到钱的废物！

一切都被这句话给点燃并引爆了。

父亲将编好的菜筐暴怒地扔到庭院里去。他还疯狂地扔别的东西，斧子、镰刀、剪子、椅子、鞋子，好像这些东西都像母亲一样，在阴森森地嘲笑他没有本事又挣不到钱。昏暗的光线中，看得到青筋在父亲的脸上一条条地暴突着。那是一些随时会飞下来，缠绕在脖颈上，让人窒息而死的毒蛇。在不知道毒蛇会将谁击中以前，我如一片秋天的树叶，瑟瑟发抖。我想要躲藏起来，却发现除了站在原地，无处可去。整个世界都被风雨雷电笼罩住了，村庄成为一个巨大的牢笼，而我不过是一只仓皇逃窜的老鼠。

母亲天生没有安全感，她生下来似乎就是为了喋喋不休地唠叨与抱怨。她嫁给了无用的父亲，又在风雨之夜，相继生下了三个胆小无助的孩子，她对于生活不息的热望与渴求，被困顿的生活一日日削减，到最后，她只剩下暴躁与绝望。

　　父亲和母亲在吵架上，真是天生的一对，他们的结合，想来是上天注定。炸响的雷声，将他们变成斗牛场上两头急红了眼的牛。在父亲挑衅地迈出暴力的第一步后，母亲也不甘示弱，将擀面杖朝着父亲准确地砸过来。父亲一侧身，擀面杖"嘭"的一声落在对面的墙壁上，并将镜子"哗啦"一声砸碎在地。那镜子碎片里立刻映出无数个斗志昂扬的公牛，他们像千年的仇人一样，凶残地厮杀着，疯狂地啃咬着。父亲抓住了母亲的头发，母亲则咬住了父亲的胳膊。他们的双脚还互相狠踹着对方，嘴里同时发出污言秽语，为这场战争助威。

　　弟弟躲在我的后面，嘤嘤地哭泣。我顾不上他，事实上我也已经吓得尿了裤子。在危险尚未改换方向击中我和弟弟之前，我于划破屋顶的惊雷中，看到父母扭打在一起的样子，还能产生滑稽的联想。我忽然想起他们同样如此扭打的某个雨夜。只是，那一场战争，发生在暧昧的床上，他们像两条野狗凶狠地撕咬着。我很奇怪为何母亲会发出隐秘但明显快乐的哼叫声。我在对面的床上，目睹了这场战争的开始与结束。最后，父亲像战败的公鸡，瘫倒在床上，大口大口地喘着粗气，并很快在轰隆隆的雷声中响起了鼾声。

　　尽管不知道他们时常在深夜里进行的扭打，究竟是为了什么，但我却知道，那些厮杀，跟此刻的战争，是不一样的。它们在空气中弥漫出迥异的气息，一种是私密的躁动的甜腻的，一种则是暴力的残酷的辛辣的。在我还没有用狗一样灵敏的鼻子，嗅出更多一些它们之间区别的时候，我的脸上忽然被父亲抄起的一根柳条给抽中了。

我在那个瞬间，有些晕眩，我觉得自己跟一只被父亲扔进雨里的鞋子没有什么区别，生下来的职责，就是供父亲暴力摔打虐待的。我在尚未通过高考逃出村庄以前，我得忍着，紧咬了牙关屈辱地忍着。

我竟然还能头脑清晰地想到更多一些，比如明天我还要不要厚着脸皮上学？没有讨到学费被同学嘲笑、老师同情也就罢了，更重要的是，脸上这道屈辱的疤痕，该如何向人解释？

我想我应该打开电灯，让父母在灯光下酣畅淋漓地打仗，这样他们就能看清彼此杀气腾腾的样子，也包括看清留在我脸上的战果。

不过我很快意识到，这战果是多么不值一提。受了惊吓的弟弟，忽然放声大哭起来，他还很不识趣地从我身后跑了出来，带着一种试图以哭声震慑住父母的盲目自信。可惜，他高估了自己。父亲被弟弟尖锐的哭声给弄得没了吵架的激情，于是大踏步走来，用鹰爪一样的大手一把提溜起弟弟的衣领，丢出门外。

死鱼一样被扔进雨中的弟弟，终于在一道劈下的闪电中,瞬间停止了哭泣。

父亲和母亲厮打到最后,都挂了彩。但因为下雨,招来不了观众,便觉得无趣,也就偃旗息鼓,改日再战。那些被扔掉的盆盆罐罐、镰刀斧头,因为碍着面子,要冷硬到底,于是谁都不愿意收拾旧山河,两个人一南一北地躺倒在同一张床上,又恨恨地互踹一脚屁股,这才骂骂咧咧地背对着背睡去。

房间里瞬间安静下来。我坐在自己卧室的窗前,于漆黑中,静静听着院子里雨点打在搪瓷盆子上发出的叮叮当当的声响。雨明显慢了下来,好像它们也跟雷电大战了一场,疲惫不堪,想要睡去。起初,它们打在盆沿上,是啪啪啪啪的快速声响。后来,它们气息变得匀速,便成了温柔的小夜曲。接着,它们厌倦了,有一声没一声地滴落在浓墨一样的夜色里,又很快地消失掉。最后,它们终于与无边的夜色交融在一起。

想到明天需要向同学解释脸上的伤痕,我便无法入睡。一阵风吹过,窗前的梧桐树上有雨纷纷落下。那雨落在深夜,听上去有些森然;似乎有千万只脚,正悄无声息地穿过铺满潮湿树叶的小路。那些脚要去往哪里呢?它们在静夜里,要走多远,才肯停歇下来?它们踏遍整个雨夜中的村庄,是不是要去寻找另外的一只走丢了的脚?一只脚如果被另外一只脚踩到,会不会疼得尖叫起来,然后又怕打扰了一整个村庄的睡眠,于是跟被扔进泥水里的弟弟一样,声音戛然而止?

所有人都忘记了弟弟的存在。

我不知道他究竟是怎么从一摊泥里羞耻地爬起来,又巧妙地躲过凶猛的父亲,隐匿在某个无人发现的角落。一直等到雨停下来,他才从坚硬的壳里探出头来,蠕动到我的身后,而后幽幽地唤我:姐姐……

我吓得快要尿了裤子,回头看见是他,心里升起一阵烦厌,本想吼他一句,又怕惊动父母卷土重来,便只好压低了嗓门呵斥道:不去睡觉,跑这里来干什么?!

姐姐……他嗫嚅着,声音里满是恐惧。

我心烦意乱:快说,你到底想干什么?!

姐姐……半夜小鬼会不会来敲门, 真的……把我变成一只蜗牛?

我想骂他神经病,哪儿来的这些胡思乱想,忽然间听到窗外有雨哗啦啦地从梧桐树叶上飞旋而下,我就在那时,想起白天我和他穿着雨衣,蹲在墙根下,观看一只蜗牛爬上香椿树叶时,我对他的惊吓。

他竟然在雨中打了一个滚后,还没有忘记我施的咒语。

如果我很快乐,我会对弟弟说,傻小子,哪有的事,姐姐在逗你玩呢!

如果我很平静，我会敷衍他说，你这么无趣，鬼才懒得搭理你！

偏偏，我正在不知明天如何上学的羞耻中，于是我恶狠狠地诅咒他说：当然会来敲门！当然会将你变成蜗牛！而且，是一只丑陋的没有壳的蜗牛！

当我说完这句，我发现内心涌起邪恶的快乐与复仇的快感。我注视着一脸恐惧的弟弟，想到明天可以朝老师同学撒谎，脸上的伤痕来自弟弟无意中的碰撞，我终于开心地笑了起来。

那一晚，我睡得很沉，跟一头长眠的猪一样，以永久地从这个世界消失掉的虚空，沉沉地睡去。至于可怜的被所有人忘记的弟弟，跟我有什么关系呢？

第二天起床后，没有人再提及昨天的事故。院子里已经收拾干净，不过或许那些凌乱的被父亲扔掉的家具物什，是由一个小鬼悄无声息地给收拢到原位的。否则，以父亲的嚣张和母亲的霸道，在握手言和之前，谁也不会主动低头。

雨并没有完全地停下，抬头，会有蒙蒙细雨飘在脸上。但这样的雨，对于乡下人来说，完全可以忽略不计。我知道再提及学费是一件愚蠢的事。只要关于伤痕的谎言，能够骗过所有同学，就算他们嘲讽我最后一个上缴学费又有什么关系呢？脸面终究比金钱更为重要。

每次家庭大战，都至少会持续一个星期的冷战。所以我并不指望出门前，会有谁来嘘寒问暖。我很自觉地翻出一个冷硬的馒头，又切了一块咸菜疙瘩，便坐在马扎上，就着一杯温暾的白开水，缩着手脚，不声不响地将馒头吞进肚子里。我听见院子里一只鸡跳上锅台，并将锅盖哐当一声弄翻在地；锅盖落在水泥台上，发出空洞虚弱的响声，好像那锅盖也饿瘦了，没有力气在半空里挣扎。那只鸡一定没有寻到吃食，对着张开苍茫大嘴的锅呆愣了片刻，便跳了下去。落在地上的锅盖，自然也为这只纵身一跃的鸡，又来了一声空荡的伴奏。

我吃得有些快，于是很没出息地打起嗝儿来。我一边打嗝儿，一边想着离开后，父母静坐"绝食"，谁也不肯下厨做饭的样子，忍不住笑了起来。不过我很快将另外一半笑声给强行塞回了肚子里。因为我隔着房门，看到刚刚从茅厕出来的母亲，恶狠狠地朝我看过来。

我还是尽快躲到学校里去吧，那里才是温暖又安全的角落。我擦掉嘴边一块黑色的咸菜渣，想着。

推着自行车出门的时候，一只刚刚下完蛋的母鸡，用响亮的咯咯哒的报喜声，欢送我的离去。我披了窸窣作响的塑料雨衣，走到庭院门口，忍不住看了一眼那棵低矮的香椿树苗，那里空荡荡的，只有细细的雨在静默无声地飘落。那只将弟弟吓住的蜗牛呢？会不会真的变成了鬼，并在夜里出没？

我还瞥见水井旁堆积的榆树木头上，已经长出了密密的一丛木耳。将它们用热水焯一下，酱油里拌一拌，一定无比美味吧？我咽了一口唾液，无限神往地想。

我唯独没有瞥见弟弟。

我不知道他躲在什么地方，昨晚有没有睡好，我离开以后的时间里，他一个人该怎样跟这寂寥的雨天，和无边无沿的冷战对抗。

我推着车子，慢吞吞地走在巷子里。我忽然有些不想离开这条巷子，我希望它会像童话里那样，无限地延伸下去，永远不会与村庄的大道相接。我不知道我在等待什么，但我却清楚内心的期待。

一百多米的巷子，还是走到了头。就在我准备跨上车子离去的时候，弟弟忽然从拐角处冲出来，站在了我的面前。

他的脸上明显是一夜未眠的困倦，但他却努力地打起精神，犹豫着叫我：姐姐……

我的心，陡然又冷硬起来。

还不快回家，站在雨里做什么？！

他低低"哦"了一声，却并没有离去的意思。

我不想理他，推车绕过，车轮差一点儿轧到他的左脚。那只脚蜷缩在一只顶破了的黑色绒面的布鞋里，卑微地擦过满是泥水的车轮。

跨上车子的时候,我用余光瞥了一眼身后的弟弟,他依然站在那里,带着胆怯,和满腹无处可以倾诉的心事。

　　车子已经骑出几米了,我终于回头,冲弟弟喊:笨蛋,小鬼不会把你拉去变成蜗牛的……

　　我不知道弟弟有没有听到,那时他已经转了身,飞奔回了巷子。

　　我听见雨,细细的雨,落在大地上的声音。那声音犹如万千生长中的蚕,伏在广袤苍茫的田野里,啃噬着桑叶,没有休止,也永无绝灭……

雪

雪没完没了地下，一场接着一场。好像在这个冬天，雪对于大地的思念从未有过休止。

大道上人烟稀少。似乎一场大雪过后，村子里的人全都消失掉了。空中弥漫着清冷的气息，一切都被冰封在了厚厚的雪中，连同昔日那些打情骂俏的男人女人。阳光静静地洒在屋顶上，光秃的树杈上，瑟瑟发抖的玉米秸上，低矮的土墙上，再或灰色的窗台上。因为有雪，这些灰扑扑的事物，便看上去闪烁着晶莹的光泽。于是村庄便不再是过去鸡飞狗跳的样子，转而覆上一层童话般的梦幻。走在路上的人，都是小心翼翼的，似乎雪的下面，藏着另外一个神秘的世界。有时候人打开门，看到满院子的雪，会有些犹豫，要不要踏上去，将这画一样的庭院给破坏掉。

母亲总是深深地吸一口气，发一会儿呆，这才咯吱咯吱地踩着这世上最干净的雪，给冻了一宿的鸡鸭牛羊们喂食。父亲在天井里说话的声音，也变得轻了。似乎像夏天那样，扯开大嗓门训斥我们兄妹三个，是一件不合时宜的事。鸡变得懒惰起来，知道院子里什么也寻找不到，便也蜷缩在鸡窝的一角，注视着这一片洁白的天地。

整个的村庄，于是封存在这样的静寂之中。隔着结了冰花的玻璃，朝窗外看的每一个人，眼睛里都充满了孩子一样的好奇，似乎这个村庄，不再是昔日他们习以为常的热气腾腾的居所。那些爱闲言碎语的人，也变得温情脉脉起来。房间里熊熊燃烧着的火炉周围，是一家老小。知道这时候吵架，没有多少人围观，男人女人们也就偃旗息鼓，将所有的烦恼，都化作一块块乌黑发亮的煤，投进轰隆作响的炉膛里。那里正有一辆漫长的火车，从地心的深处，咣当咣当地驶来。它发出的声音，在寂静的夜里，如此巨大无边，以至于依然在困顿的生活中受着煎熬的人们，手烤在红彤彤的火焰之上，忽然间就忘记了这个世间所有的苦痛。

昆虫全都蛰伏在泥土之下。厚厚的积雪覆盖着泥土，这个时候，如果谁能将整个大地用巨大的斧凿挖开，一定会看到密密麻麻的昆虫，比如蚂蚁、苍蝇、蚊子、金蝉、蚕蛹等等，全都沉寂在深深的睡梦之中，没有什么力量，能够将它们唤醒。它们犹如死亡般的身体里，依然积蓄着生存的浩荡的力量。除了春天，没有什么能够打扰一只虫子的冬眠。它们隐匿在这场弥漫了一整个冬天的大雪之中，不关心人类的一切。

雪

被人类遗忘掉的,还有农田、庄稼、果园。如果没有炊烟从高高的屋顶上方的烟囱里徐徐地飘出,大雪中的村庄,就是一个被世界封存的角落。人类蜷缩在棉被里,犹如昆虫蜷缩在泥土之中。最好,这一觉睡去,一直到春天才会苏醒。可是,这只能是人类的理想。袅袅飘出的炊烟,将村庄的日常琐碎,缓缓揭开了一角。一切都像瓦片上因为热气而融化的雪,沿着房檐,滴答滴答地落下。而那些缓慢的,没有来得及落下的,便成为透明的冰溜,整齐地挂在屋檐下,给仰头看它的孩子,平添一份单纯的喜乐。

最初的时候,雪每天都安安静静地飘着。人们穿着棉袄,在雪里慢慢走着,并不觉得那雪落在脸上,或者钻入领子里,有多么的凉。脚下咯吱咯吱的响声,听起来倒像是傍晚寺庙里的钟声,一下一下地,将人的思绪拉得很远。小孩子在斜坡上嗖嗖地滑着玩,倒地时屁股摔得嘶嘶地疼,都不觉得有什么,揉一揉红肿的手心,继续吸着长长的鼻涕虫,乐此不疲地上上下下。女人们到人家去串门,走到门口,总是很有礼貌地跺一跺脚上的雪,这才漾着一脸笑,推开被炉火烤得暖烘烘的厚重的门,向人寒暄问好。

但腊月一到,雪再飘起来,就带了一把把锋利的刀片,于是小孩子细皮嫩肉的手,就成了冻萝卜,还是红心的。脸蛋自然也抹了胭脂一样,红彤彤的。一觉醒来,露在棉被外面的耳朵，常常也冻得胖大了一圈。这时女人们再让小孩子去庭院里跑跑腿，做点诸如喂鸡喂鸭的活计，他们没准就哼哼唧唧起来。当然，哼唧完了还是该干的就干，否则爹娘一个铁板烧过来，不比雪刀子差上多少。

这时的老人们，喘息声也缓慢下来。似乎那些气息，都留在了秋天收割完毕的田地里，并跟着麦子和蚯蚓一起，被这一场场没完没了的雪埋在了冰封的地下。于是他们便借着仅剩一半的气力，苟延残喘着，一日日挨着不知何时会有终结的雪天。

在冬天，老人们常常觉得自己是多余的。大部分时间，一家人都集聚在房间内，剥玉米、编条货、打牌、说闲言碎语，或者烤着一块又一块的炭，听着评书打发漫长无边的时日。老人们碍手碍脚地在房间里走来走去，什么也做不了，听着呼哧呼哧的粗重的喘息声，自己也觉得心烦，不吉利，便知趣地回到阴冷的小黑屋里，躲在两层棉被底下，瑟瑟缩缩地回忆着那些陈年旧事。也只有谁家的媳妇来串门了，礼节性地给长辈问个好，他们才堆上一脸的笑，哎哎地应着来人的问话，又任其打量一下自己蜡黄的脸上死人一样的气色。

没有人说什么，女人们离开暗黑的偏房，继续跟这一家的主妇谈论家常。当然，出门前总会说一句吉祥的话：您老看上去气色还不错嘛！裹在厚重棉袄和棉被里的老人，听完一句话也没有，他们知道所有的吉祥话都是用来骗人的。

年已经不远了，于是人们说话便专挑吉利的字眼，谁也不会轻易吐出与死有关的词来。可是，老人自己却预感到死神正穿越风雪，一天一天逼近。

每年风雪大起来的腊月，村里总有一两个老人，熬不住这寒冬；即便以一种给儿女装面子的好强硬撑着，也还是没有熬过去。在杀猪宰羊过大年的欢庆声中，那一两个老人的儿女们，便一脸羞愧地找人商量置办丧事。于是天一阴下来，女人们烤着炉火，看着粉皮在铁箅子上嗞嗞啦啦地蓬松着，总要叹一口气，说，不知今年又赶上谁家办事。

这一年的腊月，母亲说了两三次，张家奶奶怕是熬不过这个冬天了。张家奶奶是母亲从赤脚医生转行学习接生时的师傅。按照辈分，我要叫她老奶奶。因为有这层关系，逢年过节，母亲都要带上我去给张家奶奶磕头拜寿。她似乎永远都不会老，总是穿一身喜庆的红，端端正正地坐在太师椅上，接受我和母亲的拜贺。因为辈分大，又接生了村里大部分孩子，所以他们家总是人来人往，很是热闹。每年去磕头，地上的蒲团都好像薄了一层。又因天冷潮湿，蒲团跪下去，便总是潮乎乎的。我因此抗拒，不想去。虽然张家奶奶总有几颗大白兔奶糖给我留着，可我还是怕她仅存的那几颗牙，它们站在她笑嘻嘻的嘴巴边上，漏着飕飕的风，那风是外面的雪天里吹过来的，又冷又凉，还有阴森森的鬼气。

对，我就是怕张家奶奶身上弥漫着的鬼气，才抗拒母亲每年都为了礼节，生拉硬拽上我，去给她拜寿。我从蒲团上抬起头来，仰望一脸威严的张家奶奶时，她脑袋上的挂钟，还会冷不丁来上一响。那是半点的钟声，我却总会吓上一跳，似乎有什么人催促着我，揪扯着我，前往某个比风雪天还要让我惧怕的地方。

人们都在房间里说着贺寿的话，那些话都是假的。连过年的对联上也写着假话，什么寿比南山不老松，福如东海长流水。村里倒是有一棵槐树，比任何活在世上的人，都要年老。人们路过的时候，总是怀着惧怕和敬畏，谁家出了不吉利的事，或者赶上倒霉年月，都要去祭拜一下，好像那棵槐树能够帮他们免灾，或者是槐树本身给他们带来了烦恼，需要求它发发善心。人们对带着几颗稀疏牙齿一年年活下去的张家奶奶，也是这样的敬畏和惧怕吧。怎么说，全村大部分孩子，甚至包括孩子的爹娘，都是经由她一双枯朽的手来到这个世间的。尽管来到之后，有一半人，在困顿中艰难地熬着，熬到墙头坍塌了一半，还是没有熬上好日子。还有那么几个更倒霉的，张家奶奶也引以为耻、半辈子连老婆都没有娶上。可是，这又有什么呢？哪个村子里的人，不是一天天在风雪地里走着，也不知会不会走到一个有温暖火炉的房间里去，可是，终归还在走着，还在呼哧呼哧地喘着这世上仅存的半口气。

雪来了一场又一场，张家奶奶家的窗户，都快被堵严了。人从外面大道上路过，想瞥一眼张家堂屋里，又有谁来拜寿了，却什么也看不清楚。大雪以想要从村庄里带走什么的气势，漫天地飞舞。张家奶奶板着一张脸，接受着一个又一个晚辈的祝贺。间或，她枯瘦的身体会剧烈地咳嗽起来，她于是背转过身，用手捂着皱缩的嘴，压抑着全身的颤抖。那口浓稠的痰，到底是吐出来了，可是，上面沾满了黑色的血迹。张家奶奶的儿女都吓坏了，赶着上来递水送茶。跪在蒲团上的人，尴尬地挺着一张脸，不知道该继续跪下去，还是起来送几句安慰。张家奶奶却撕下一张孙子的作业本，擦掉那口骇人的痰，淡淡一笑：一口命而已，有什么好担心的？

或许，在我们的村庄里，也只有张家奶奶不惧怕前往另外一个世界。她掌管着全村人的生，她的脸上，永远是一副生死不惧的表情，似乎她早就明白躺在棺材里，跟而今躺在床上一样，不过是换了一个地方睡去。所以她才气定神闲又略带不屑地对跪着的子孙们说：一口命而已，有什么好担心的？

张家奶奶的这口命，在这个冬天，却不是那么硬了。每个前去拜寿的人，都这样说。

只是千万别死在大年夜里，到时候谁愿意去挖坟埋了她,多不吉利?豆苗娘这样不咸不淡地吐出一句。

豆苗娘接连生了五个孩子,都是女儿。但她却将这口生不了儿子的气,算在了张家奶奶的头上。好像那些经由张家奶奶的手,生下的女儿,全是她半路使了坏,将她们传宗接代的"把儿",给砍了去。她每次都是在春天里种下一棵芽,又在深冬收获一株草。张家奶奶也厌烦了她,若不是她阵痛的声音,隔着几条街都能听得见,她宁可充耳不闻,也不想前往接生。她似乎算准了豆苗娘这辈子没有生儿子的命,所以每次去,都是冷着脸,蹙着眉。也只有下一场大雪会让她心情好一些,并在接生完后,回到家中,一个人对窗喝一小杯白酒,才对着窗外的大雪长舒一口气。

那时,全村人都笼罩在一股热烈的过年的气氛之中。杀猪宰羊,裁剪新衣,置办年货。大道上的雪,便因此凌乱起来,满是歪七扭八的脚印。男人女人们像忙一件天底下最重要的事情一样,在认真地忙着年。就连我们小孩子,也在街巷中奔跑着瞎忙,似乎,奔跑也是年的一个部分。

唯有老人们,缩在房间里,或者被窝里,哆哆嗦嗦地于大雪天中,熬着这个不知道是否能够熬过去的年。他们害怕雪天,似乎雪是漫天铺开的孝布,有着不祥的征兆。雪埋葬了整个大地,也将他们对于春天的希望,给埋葬掉。子孙们在雪天里是欣喜的,眼看着明年又是一场丰收。他们却怕,怕死在这一场素白之中。死也就死了,不外乎是一条命,但死在年关，却着实让人懊恼，一辈子的明事理，都毁在这口气上。不管这个老人昔日怎么得人尊重，不懂得挑个好时节咽气，不仅老人自己觉得愧疚，做儿女的也连带觉得心烦，想着要麻烦村里老少爷们儿置办这场丧事，就觉得丧气。初二回娘家的女人们，也因此觉得沾染了一些晦气似的，这一年都没个好日子。

而掌管着全村人生的张家奶奶，却无法掌控自己的死。每个前去走访的人，回来都要在自己家里絮叨一阵，怕是张家奶奶熬不过这个年了。说着说着，自然就扯到这大雪天里，如何置办丧事，如何参加丧礼，如何避开这股丧气。与张家奶奶近亲的，自然唉声叹气，说这个年是过不好了，怕是这一年都冲不走这股子晦气。不是近亲的，就替近亲们着急，不知道这个年如何才能过得去，好像年很长很长，要在大雪天里无休无止地走很久一样。大人们的愁事总是漫长无边，我们小孩子倒是不愁，况且死是什么，我们也不太明白，觉得人死了，跟猫死狗死鸡鸭死，似乎没有什么不同。唯一不同的就是人死了会很热闹，全村人都会去看，都会参与其中，好像我们每个人都跟这个死去的人，有着非同寻常的关系一样。但谁也没有我们小孩子喜欢丧事，因为可以抢着将花圈送到坟地里去，从主家挣上五毛零花钱。这可比喜事吃一块糖开心多了，况且五毛钱能买多少糖块啊！那简直是我们自己开的一个小金库，不，是小金矿！可是，如果赶上大雪天,又是可以讨得到压岁钱的过年时节,这花圈我们就老不情愿去抢着抬了。想想吧,为了那五毛钱,可能要丢掉五元十元压岁钱,这代价着实有点大。于是心里就跟大人们一样,有些埋怨那个死在年节的人,真不会挑时候,真没有眼色,怎么就不能再耐心等等,到了开春再闭眼?

张家奶奶就是在这样儿女亲戚村人冷飕飕的抱怨声中,眼睁睁看着死亡一点点在大雪天里逼近她的床边的。张家奶奶一定知道自己的这条命,是要在大年夜里离开的。她也一定硬挺着,想要熬过除夕那一天。她不能死在大年夜里,死在喜庆的鞭炮声中,那样全村人都会怨恨她。于是她在客人来拜访时,一定要挣扎着坐起,而且穿得干干净净的,连头发也梳得一丝不乱,似乎她依然是那个掌管着我们出生的威严的使者,谁若是不敬,她就能将这个人,重新送进娘胎里回炉改造。我们是什么样子的,只有她有发言权。可不,那些光溜溜来到世间的村人,谁敢在张家奶奶面前炫耀自己?谁炫耀都会招来她的鄙夷一笑。当然,张家奶奶的笑从来都不鄙夷,她的笑永远都是淡淡的,平静的,慈悲的,那笑跟庙里菩萨脸上的表情一模一样。除了乖乖地跪在蒲团上,磕个响头,道一声您老人家寿比南山福如东海,谁敢在这样的表情面前造次放肆呢?而拥有着这样高的地位的张家奶奶,又怎么能用死亡给自己这高洁的一生染上一点儿污渍?

她不敢。所以她一定要挺过那最后的大雪纷飞的除夕之夜,要听见钟声在十二点敲响,全村的饺子都扑通扑通热烈地跳进沸腾的锅里,快乐地翻滚。

可是,老天爷偏偏不让张家奶奶如愿。除夕那天,村子里灯火通明,一家一家较劲似的炸响着鞭炮。但在十二点的钟声尚未敲响之前,这样的鞭炮声,不过是预热罢了。我们小孩子在巷子里跑来跑去,男孩子在大道上比赛谁的"蹿天猴"蹿得最高,女孩子则比赛谁的"烟花棒"在夜晚最亮。"摔炮"也有趣,摔到对面墙上,便清脆地炸响。张家奶奶家位于村子的中央,于是她家的砖墙上,便满是摔炮的痕迹。就连沿墙根的雪地里,也插满了燃放完后的"蹿天猴",一根一根,像香台上的香,静默无声地瞪视着夜空。

同龄的根柱放得最欢实,他胆子大,敢把鞭炮拿在手里,点燃了捻子,还故意等那捻子快要燃完了,才得意扬扬地扔出去,并在炸响的那一刻,享受来自同伴的欢呼声。他起初是专往雪地里扔的,后来不知怎么的,想要恶作剧,扔到人家院子里去。他第一个扔的是来福家,来福老实巴交,只在家闷头学习,大年夜也不例外。来福叔叔痴傻,奶奶年迈,来福爹又好脾气,所以一个响鞭扔进去,院子里除了来福爹吓得"哎哟"一声,就没了别的动静。根柱于是在我们的叫好声中,越发得意起来,小响鞭一个紧挨着一个扔进人家的院子里,或者猪圈里,再或屋顶上。扔到兴头上,他两个鞭炮同时扔进了右手边的院子里,那里住着的,是费了九牛二虎之力才将根柱从娘肚子里拽出来的张家奶奶。

鞭炮炸响之后,院子里紧跟着响起的,既不是张家奶奶骂人的大嗓门,也不是张家子孙的惊吓声,而是一声响亮的哭声。那哭声在雪夜中格外地凌乱,好像一挂乱了阵法的鞭炮,忽高忽低地在半空里炸响,一会儿悠长,一会儿急促,忙乱不休。这完全在根柱的意料之外。我们起初也都以为鞭炮落到了张家人的脑袋上,挂了花,心里为根柱一阵紧张。但随后那哭声大了起来,而且没有休止的意思,一群孩子便慌了神,纷纷收拾了炮仗,跑回了家。根柱当然也乱了阵法,将手里的鞭炮朝雪窝里一扔,便踏着我们的脚印朝家狂奔。

母亲正围着炉子炖菜,看见我气喘吁吁回来,便张口训斥:大过年的,跑这么慌干吗? 还少了你一口饺子?

我呼哧呼哧地喘着气,过了好大一会儿,才结结巴巴地说:娘,根柱……把……张家奶奶全家……炸得……哭起来了……哭个不停……

啥?! 母亲瞪眼看着我,她的脸上,起初是迷惑,继而是震惊。

你这孩子,大过年的,胡说八道什么?!

我有些委屈:他们全家……真的……哭起来了……不信你去听听……

母亲果真打开房门，侧耳倾听。可是，她听到的，是十二点的闹钟，一下一下地响起来了。继而震耳欲聋的鞭炮声，包围了整个的天地。

村庄在夜色中震颤了一下，而后便消失在纷纷扬扬的大雪之中。

还不去下饺子啊！从门外点燃鞭炮跑进来的父亲朝母亲大喊。

母亲呆立在将整个世界都包裹住的一片莹白之中，一句话也没有说。满天炸响的烟花，照亮了她苍白的脸，我看到一滴饱满的眼泪，从她的眼角倏然滑落。

那一年的除夕，张家奶奶"蹬腿"的消息，比"蹿天猴"还要快地抵达了每一家的庭院。在张家奶奶的儿孙们忙着给她穿孝衣的时候，沾亲带故的人家也面露忧烦，不知该如何协调走亲访友和置办丧事的关系。若在平日，办个丧事，如果主家不来"打扰"，心里是要存一肚子气的，这气一整年也不能消散，疙疙瘩瘩的，或许一辈子都得记着这点仇。可现在是喜庆的大年，别说是亲戚，就是火化场里，给多少钱怕也没人愿意靠近焚尸炉。况且奔丧完去谁家走亲戚都不高兴，好像这死人的晦气，会瘟疫一样沾附在每个人身上。但凡出生或者生孩子时，接受过张家奶奶"洗礼"的，自然也要随份子，去吃这场"白事"。想到原本应该欢天喜地拖着自家孩子走亲访友挣压岁钱，却被张家奶奶的"魂"给揪扯着脱不了身，便老大不高兴。可是不高兴还不能表现出来，于是只能在守岁的除夕，叹口气，抱怨一句：不早不晚，怎么偏偏赶在这时候？

作为张家奶奶的"关门弟子"，母亲自然不能这样说。她的忧愁显然更为真诚。她甚至因为张家奶奶将接生这件伟大事业传承给了自己，若自己将来死的时候，同样不懂礼数、遭人抱怨而忧心忡忡。于是她便将一碗饺子全端到香台上去，供奉给魂灵正在升天的张家奶奶。

很快，纷纷扬扬的大雪将饺子给覆盖住了。我几次用棉袄袖子擦拭房门上的玻璃，透过黑黢黢的夜色，看那碗饺子是否真的被成了鬼魂的张家奶奶给吃掉了。可是，那里始终是一碗冒尖的白雪，在越来越稀疏的鞭炮声中，孤独静默地站着。

大年初一，张家奶奶家门庭冷落。每个走在雪地里去拜年的人，途经门前，都下意识地歪头看一眼。院子里空空荡荡的，连一只麻雀也没有，好像它们也知道此时来这个庭院一年的好运都将丢掉。在经过了一夜的悲痛之后，张家奶奶的儿女们已经能够控制自己的悲伤。于是被雪覆盖的庭院里，便静悄悄的，有着一种寻常的朴质。似乎生活并未因此发生任何的改变，一切都在白色的背景上缓慢流淌，鸡在打鸣，鸭在踱步，狗在雪地上追逐着鸟雀，干枯的树枝将影子投射在低矮的泥墙上。这是新的一天，与过去无数个时日并未有多少区别的新的一天。

熬过了这一个年节的老人们，心怀着侥幸，感谢老天让自己多活了一个年头。尽管，有可能过了十五，也跟张家奶奶一起去阎王那里报到；可是，终归是跨了年头，没有给儿女带来多少的拖累，也不曾让他像张家奶奶的子孙们那样为难。所以留下来的老人，便穿了簇新的衣服，打起精神，迎接着一拨又一拨晚辈的磕头祝寿，并顺便与人感叹一下张家奶奶是死不逢时。

于是整个村子都在隐秘地颤动着，为张家奶奶带来的这一棘手的事件。如果不与张家奶奶的子孙们同住一个村子、一个巷子，或者紧挨着一堵墙，人们怕是要奔走相告起来。在一场雪都能够让村庄兴奋的枯燥的冬日，一个人的死亡，尤其是像张家奶奶这样掌管着全村人"生"的元老的死亡，更是为无聊的生活，注入了一股新鲜的鸡血。

三天后，张家奶奶的骨灰盒，穿过走亲访友的热闹人群，被子孙们悄无声息地抱了回来。而唢呐班子与葬礼队伍，也稀稀拉拉地组建起来。不知是因为下雪，还是人们都约好了，或者大家真的都在忙着走亲访友，张家奶奶出殡的这天，人烟稀少。每一个顶着雪花去吊唁的人，都低着头，弓着腰，紧缩着身子，偷偷摸摸地，好像要去做什么见不得人的事。当然，如果不是红白喜事欠下人情，没有人会在喜庆的年节里，去参加一场晦气的葬礼。所以去还人情的人，也便猫一样潜入张家奶奶的庭院，又溜着墙根侧身出来，走上一段，与那断断续续、不怎么起劲儿的唢呐声，离得远了，这才长舒一口气，似乎卸掉了一个很重的包袱。

黄昏的时候，张家奶奶出殡。出门看的人，越发地少。就连那些平日里争抢花圈抬的小孩子，也好像消失掉了。整个的村庄，安静得如同在大雪中睡了过去。不，是死了过去。人的呼吸，也变得微弱起来。大地上的一切，都在雪中肃穆着，似乎它们更懂得一个人死去的悲伤。风在暮色中呼呼地吹过来，那些洒落的土黄色的纸钱，便在村庄的上空飞舞。人踩着雪，咯吱咯吱地走在其中，会内心惊惧，好像张家奶奶的鬼魂，从冰冷的坟墓里飘了出来，并随着满天的雪花，飞进每一个庭院，而后隔着紧闭的门窗，永无休止地敲击着、拍打着，叩问着那些隐匿在房间里的人。

没有人给她回答。

只有雪，漫天飞舞的雪，覆盖了整个的村庄……

飞 鸟

环绕着村庄的,是一条连接大道和田野的沙石小路。我甩着一根柳枝,一个人漫无目的地走着。

没人有工夫搭理我。麦子正在拔节,爱说闲言碎语的人们也纷纷闭了嘴,扛起锄头去自家地里挖草。草比任何庄稼都长得疯狂,好像它们天生悲观,知道时日不多又有被随时干掉的危险,于是但凡有一丁点儿泥土、阳光和雨露,便发疯地将根深深地扎下去,又把枝叶无限地向着半空里延伸。甚至连每天都有人走来走去的沙土路,也被马蜂菜占领了地盘。自然,蚂蚁瓢虫之类的也混迹在草丛里,爬上爬下,穿梭来往,忙得不亦乐乎。如果这时候我能够像孙悟空一样跳到半空里去,一定会看到整个村庄都在阳光下忙碌不休。鸡鸭牛羊在忙着吃食和上膘,男人女人在忙着锄地和播种,庄稼和果树在忙着生长,就连弟弟这样的小孩子们,也在大道上忙着打打杀杀。

于是看上去,村庄里似乎只剩了我,还有枝头的鸟儿,无所事事地在大地上游荡。我也不知道自己要走到哪里去，我只是循着一只布谷鸟遥远辽阔的叫声，朝村子的东边一直走，一直走。

在所有的鸟叫声里，我最喜欢布谷鸟的声音。那能穿越无数个村庄的"布谷布谷"的歌唱，好像来自永远无人能够抵达的茂密的森林，那里道路险峻，野兽出没，群鸟翱翔。它们是大地上的精灵，只需一声辽远的呼唤，就将万物瞬间推进热烈的夏天。村庄里对农事再愚钝的人，听见布谷鸟从大地深处穿越而来的叫声，都会下意识地抬头，看看云蒸霞蔚的天空，自言自语地说一句：麦收就要到了。

但我不关心麦收，那是大人们的事。我只想寻找一只布谷鸟。它的叫声让我在春天里觉得忧伤。它究竟在呼唤什么呢？一声一声，那么执拗。好像它生在这个世间的所有使命，就是为了追寻一些什么。

大路的两边，是粗壮的杨树，也不知是什么年月种下的，一棵紧挨着一棵，枝叶相触在云里，形成两堵绿色的墙。风吹过来，墙便涌动起来，发出哗啦哗啦的声响，像有千万只手抚过静寂的江河。如果我变成一条小小的蚯蚓，一头扎进大地的深处，一定还可以看到这两排高大挺拔的杨树，它们遒劲有力的根正热烈缠绕在一起，用力地从泥土里吸取着浓郁的汁液。这是地下暗涌的河流，沉默无声，却又浩浩荡荡。而在更高的风起云涌的地方，正有布谷鸟苍凉的鸣叫,从巨大的虚空中,一声声传来。

我发誓要找到那一只布谷鸟,问问它究竟来自何处?为何每年的春天,都要飞到我们的村庄,站在我从来都追寻不到的地方,悲伤地鸣叫,好像它曾经在这里,丢掉了自己的魂灵。

我于是一直一直走,穿越疯狂拔节的无边无际的麦田。最后,我走到了与邻村交界的河边。那条河叫沙河,每年的秋冬时节,它都会枯萎断流,裸露出河床,于是惨白的太阳下,遍地都是孤寂的沙子。我不知沙河从哪里来,又最终抵达何处。反正很久很久以前,它就环绕住了村庄,成为所有小孩子捡来的地方。

我问母亲,娘,我从哪儿来?

从沙河里捡来的。母亲顶着满头的豆秸碎屑,漫不经心地回复我。

弟弟也问,那么我呢?

当然也是从沙河里捡来的。母亲拍打拍打围裙上的白面,随口应付弟弟。

姐姐朝锅底下撒了一把棉花秸,不屑一顾地"哼"了一声。她已经十六岁了,不懂得死,却朦胧地知道了生。她从骨子里瞧不起我和弟弟,就像我从骨子里对一字不识的弟弟也充满了鄙夷。

此刻,我站在沙河边,看到水正欢快地从某一个遥远的地方奔来。这是春天,大地早已解冻,河水在阳光下闪烁着耀眼的光泽,那里一定漂浮着晶莹的冰粒,从冬天历经漫长的跋涉,依然没有融化的冰粒。因为当我蹲下身去,将手浸入河中,我立刻感觉到沁骨的凉。那是来自源头的凉。我想如果我能一直逆河流而上,一定可以寻到一个了无人烟的地方。在那里,村庄停止了脚步,炊烟灭绝了印记,一切声音都消失不见。无边的河流,正从神秘的山谷里喷涌而出。而在山谷的上空,我会看到那只穿越无数的时空,最终抵达我们村庄的布谷鸟。

可是,我却停在邻村的对岸,再也没有向前。

那时,黄昏已经降临,田野里吃草的牛正哞哞地呼唤着孩子跟它一起回家。村庄被夕阳环拥着,宛若襁褓中天真微笑的婴儿,向着世界袒露毫无保留的纯真与赤诚。邻村的街巷上,女人们正在穿梭来往,寻找着一天没有着家的儿子或者男人。一群鸭子拍打着湿漉漉的翅膀,排队走上岸边。河水缓慢下来,大约奔波了一天,它们也觉得累了,需要安静地休息一晚,才能在黎明的微光中继续奔腾向前。

而那只鸣叫了一天的布谷鸟,始终没有出现。

我到家的时候,弟弟正坐在院子里,就着黄昏最后的光,用铅笔刀专心致志地削着一根拇指粗的树杈。母亲喊他吃饭，一连好多声，他都没有回应。他完全沉浸在他的伟大的事业里，尽管我并不明白，他将一根树枝削得溜光水滑，究竟要做什么。

不过我并不关心他的事业，我一心想着那只此刻已经了无声息的布谷鸟，它究竟栖息在哪儿。于是闷头喝粥的时候，听到一群麻雀蹲在枣树上，偶尔发出的鸣叫，我很想跑出去，再次寻找布谷鸟。我从未在人家庭院里遇到过布谷鸟，它们只在田野里发出苍凉的叫声。那些风雨交加的夜晚，它们隐身于何处，来遮挡风寒呢？它们是不是惧怕人类，或者与人类有过误解与隔阂，所以才从不肯像燕子和麻雀那样，在人家的庭院里、屋檐下，甚至房梁下建筑巢穴？

没有人回答我的问题。也没有人觉得一只布谷鸟的来与去、生与死是什么值得关注的大事。对于父母来说，锄草与打农药，是当下最为紧迫的活计。姐姐早已脱离了我与弟弟的行列，就像脱离了低级趣味的高尚人士。弟弟混迹于脑袋后留着"八岁毛"的小团体，每天在村庄里狂奔呼号。只有我，被姐姐们孤立，又找不到喜欢胡思乱想的同伴，于是只能在夜晚来临之后，坐在安静的院子里，静听一只又一只昆虫的歌唱。在这催人入睡的叫声里，偶尔也会蹦出一两声蛙鸣。青蛙当然是在院墙外的，它们和布谷鸟一样，始终与庭院保持着距离。除非是误闯入院墙，一只青蛙最理想的栖息之地，当然是水塘、河边、田地，或者草丛。那么布谷鸟呢？我在院子里见过慌张逃走的青蛙,却从未在任何一棵树上,见过布谷鸟的身影。我甚至怀疑很少走出过村庄的母亲,和只知道低头侍弄庄稼的父亲,也不曾见到过布谷鸟。尽管,村庄里每一个人,包括傻子和婴儿,都熟悉那种响彻山野的"布谷——布谷——"的叫声。可是,它们究竟隐藏在哪儿呢?除了我,似乎再没有人关心这个问题。

弟弟胡乱扒了几口饭之后,依然低头忙着削他的树枝。经过一个晚上的埋头打磨,我终于弄清了他的意图,原来是要做一个不知用来射人还是打鸟的弹弓。村子里差不多每一个像他这样大的男孩,都有一把弹弓,用榆树或者柳树的杈,外加一根从旮旯儿里翻出的废旧自行车车胎,便能够百步穿杨。

你做弹弓打什么?我瞪他。

就是玩。他正打磨得带劲,听见我问,怯怯地回了一句。

哼,你肯定是跟着别人行凶,打了麻雀烤着吃!我一口咬定。

没,我……最怕吃麻雀了……他红着脸为自己辩解。

还狡辩!蚂蚱、青蛙、豆虫,你比耗子还厉害,逮啥吃啥!

弟弟终于在铁打的罪行面前不说话了。他低着头,用力刮着弹弓的手,慢了下来。他并不敢直视我,但我却感觉到他的视线,落在了我的球鞋上。他就这样心不在焉地为他的武器做着最后的打磨,然后在我终于懒得搭理他、转身离开的时候,他"哎哟"叫了起来。

我看见一滴鲜红的血,从他的左手拇指上涌了出来,并渗入新鲜的刚刚刮掉树皮的榆木弹弓上。

我本想骂他一句"活该"的,看他疼得龇牙咧嘴的样子,便忍住了。母亲正绣着花样,扭头看见,叹了口气,去院子里掐了一小片芦荟丢给他。弟弟将芦荟叶子细细捻着,很快有黄褐色的汁液滴落在伤口上,那殷红的血,慢慢就淡了颜色。但滴落在弹弓上的血,却渗透进去,变成难以祛除的黯红色印记。

天慢慢热起来了。正午的时候,整个村庄的人,都陷入昏睡之中。就连我家房梁下的两只燕子,也倦怠了外出觅食,早晨象征性地去田野里闲逛一圈,便从院墙外"嗖"的一声飞回房梁下的窝巢。那巢是去年建下的,我以为过了一个冬天,它们会忘了这个北方的家;父亲还爬上梯子,仔细察看了一下窝巢的硬度,并跟母亲商量,如果春天它们不来,就铲掉这个有碍观瞻的窝。但暖风一吹,燕子们就千里迢迢地从南方赶了回来,比任何亲戚都更惦念着我们。母亲于是说,看在它们这么有仁有义的份儿上,还是算了,留下给它们当个家吧。

于是这两只形影不离的燕子,便名正言顺地成为我们家的一员。以至于母亲每天午睡之前,都会抬头看一眼房梁,如果那里正有两只燕子,依偎在一起,她才会放下心来。倒是我们姐弟三人,流落在村庄的哪个角落,有没有吃上热饭,她当街喊叫一阵,见没有回音,便骂一声娘,将我们给忘在了脑后。

弟弟的弹弓,当然不会射向这两只恩爱的燕子。他还算有心,会在院子里放一个盘子,里面盛放一些他从地里捉来的豆虫蚂蚱之类的美味,以便让燕子来食用。可惜,鸡鸭们按捺不住,盘子刚刚放下,它们便一哄而上,将虫子抢个精光。后来弟弟学得精了,将碗放到香台上,这样鸡鸭们就只有遥遥仰望的份儿。但那两只燕子却并不领情,即便外出觅食空手而归,也不靠近盘子半步。这样的清高,倒有些像永远都在野外鸣叫、从不现身庭院的布谷鸟。

因为弟弟的这点良善,我也便网开一面,放任他每天提着弹弓,在村外的小路上游来晃去。他用弹弓对准一切感兴趣的东西:树叶、花朵、苍蝇、蝗虫、蚂蚱、麻雀、斑鸠、鸽子。我在路上遇到过弟弟,他一个人隐在一棵粗壮的柳树后,眼睛犀利地注视着茂密枝叶间某个闪闪发光的地方,那里正有一只麻雀,在欢快地叫着,丝毫没有注意到步步逼近的危险。麻雀是乡下最常见的鸟,于是我也就白他一眼便走开了。

片刻后,我听到一声惨叫,那叫声不是来自麻雀,而是弟弟。因为技术不佳,石子击在了树干上,又迅速弹了回来,并落在弟弟的手臂上。那枚锋利的石子，当然不会轻饶了他。而他的惨叫，也惊动了那只怡然自得的麻雀，让它迅速地飞离，隐没在有万千细碎的金子在跳跃的稻田里。

我忍不住哈哈大笑起来，一边笑，一边投给弟弟一抹比石子还要尖锐的嘲弄的视线。他当然不敢挑战一个姐姐的权威，于是继续凄凄哀哀地咧着嘴，揉着青紫的胳膊，转身向附近的树林走去。

夏天还未到来，树林就已成为男孩们的天下。他们在里面猴子一样爬上爬下，用木头做成的手枪激烈地战斗，在附近的沙窝里掏个坑，架起树枝来烤麦穗吃。当然，他们还会烤麻雀或者肥硕的蚂蚱、豆虫。弟弟经过了一段时间的单打独斗，很快意识到自己力量薄弱，必须加入群体中作战，才会有所收获。或许，他想蹭别人的劳动果实。反正他被我嘲笑过一次后，便不再孤魂野鬼一样，在乡间大道上游荡。

找到组织的弟弟，果然如鱼得水。母亲让我唤他回家吃饭，我只需站在树林边上，大喊他的名字即可。他很快从密林深处蓬头垢面地钻出来，黑着一张刚刚吃过什么的嘴，也不跟我说话，只扭头朝家里跑。

给我站住，你今天又吃麻雀了吧！小心嘴头子烂掉！我在后面冲他喊。

我还试图吓唬他，吃了麻雀人会死掉的。可是他早已在队伍里习得了大量的知识，对我的恐吓不再轻信。他甚至在我大呼小叫的时候,还会笑嘻嘻地回头,朝我扮个鬼脸。

在不远的地方,麦浪正在风中涌动,大地悄无声息地酝酿着一场铺天盖地的金黄的风浪。而这场风浪,是一只我从未见过,却又无处不在的布谷鸟,一声一声呼唤来的。

在麦收开始之前,弟弟每天都提着弹弓外出。有时他自己一个人,有时与一群狐朋狗友。布谷鸟的叫声,越发地响亮、频繁,似乎它们就近在咫尺。那叫声催得人心慌,至少让大人们着急起来,好像一场大战即将来临。我们学生也躁动不安,为即将开启的麦假。十天的假期,当然不是用来玩耍,而是给父母烧水做饭看麦场打下手。只有弟弟这样毫无用处又让大人们觉得碍事的小孩子,才会有闲情逸致,每天在乡间小路上四处摇晃。他已经可以很熟练地使用弹弓,看到眼前飞过一只苍蝇,会气定神闲地掏出石子,迅速断其性命。那把沾染过他自己鲜血的弹弓,究竟打死过多少苍蝇、飞虫、青蛙或者麻雀,我并不清楚,但从他看到麻雀时,贪婪地咽口水的细微动作上,我却知道,他已经迷恋上了这种游戏。

我忽然间有些恐慌,在一声声激荡着鼓膜的"布谷——布谷——"的叫声里。我怀疑我还没有来得及见到那只神秘的布谷鸟,弟弟和他的伙伴们,就将其残忍地射杀在旷野之中。

到底有多少只布谷鸟，在村庄里啼叫呢？我数不清。但我总是固执地认为，所有的叫声，都来自同一只布谷鸟。每年的春天，它都从遥远的南方，飞越几千里，抵达我们的村庄，只为催熟铺天盖地的麦浪。而一旦使命完成，它就消失不见。没有人知道它们去往何处，就像无人知晓它们来自何方。它们从不像麻雀或者屋檐下的燕子，喜欢扎堆生活。它们总是孤独的一只，在广袤的平原上，在无人注意的高高的大树上，发出悲凉的鸣叫。老人们说，布谷鸟是一个苦命的女人，因被人虐待，哭泣而死，后化身为鸟，在死去的春天里，日日悲鸣。

我想哪一天我见到布谷鸟，一定要跟它说一会儿话，问问它为何如此悲伤。可是，我又去哪儿寻找到它呢？我总怀疑循着它的声音，走到天涯海角，也不能够与它相见。它是一只多么孤傲的鸟啊！

可是，弟弟越发冷血的表情却告诉我，他知道布谷鸟的所在。至少，他曾经发现过一只飞翔的布谷鸟，见识过它的样子。他嗜血的眼睛里，写满了我想要的答案。

我忽然很想跟踪弟弟。就像弟弟跟踪一切他能射杀掉的飞禽鸟兽一样。我相信沿着他的足迹，一直走，一直走，就一定能够抵达我想见到的布谷鸟的家园；那与依恋人类房檐的燕子们所居住的窝巢完全不同的世外桃源般的家园。

是的，布谷鸟是一种活在虚空中的鸟。它们的声音日日可以听到，却又遥远到好像来自天边，或者另外的一个世界。我从未见过它们像麻雀那样，成群结队地，呼啦啦飞过天空，或者瞬间黑压压地吸附在一整面墙上。我总怀疑麻雀离开了队伍，会惊吓而死。它们就是去偷食人家晾晒在席子上的麦子，也要集体出战。于是人看到了，就张开双臂，发出"呜"一声喊叫，将它们轰跑。燕子不太扎堆，但它们三三两两地出行，电线上很少会有一只燕子蹲在那里"独奏"，三根细长的电线上，总有四到五只燕子，彼此隔着半米的距离，安静地遥望着远处的大地与山林。鸽子更不用说了，它们早就习惯了人类圈养的生活，能准确地辨识回归狭小鸽笼的路线，即便是千里迢迢送信，数月后再回，依然不会迷失家园。

只有布谷鸟，它们提醒着日渐丰腴成熟的大地，提醒着人类对于五谷丰登生活的向往，却始终与人保持着距离。似乎，传说中生而为人的布谷鸟，在受尽了人间的苦痛之后，再不肯信任人类，于是化身为鸟，高高飞翔，并用这样的姿态，保持着对这片曾经眷恋的土地若即若离的忧伤注视。

可是，人类并不因此而放过它们。很显然，弟弟与他的同伴，在布谷鸟辽远到可以穿透一切尘埃的啼叫声中，忽然生出了好奇，想要知道这样一种鸟究竟与麻雀、燕子或者鸽子有什么不同。于是他们掉转了弹弓的方向，用袖子胡乱地擦擦嘴上残留的吃烤麦穗留下的黑色印记，在日头盛烈的正午，大人们都昏沉睡下的时候，满怀着无处发泄的热情，开始了寻找一只布谷鸟的旅程。

而我，坐在偶尔有一两声蝉鸣漏下的庭院里，侧耳倾听着从太阳升起的地方传来的布谷鸟的鸣叫，忽然生出强烈的预感，早晚，它们中会有一只惨死在弟弟和他的同伴的弹弓之下。

这让我觉得绝望。在这个村庄里，难道只有我认为，布谷鸟的叫声，是来自生命深处，来自大地深处，来自我永远不会抵达的神秘的山林深处吗？难道所有人都是瞎子，只埋头于对田地的耕种与收割，而丝毫不关心一只鸟来自于何方，栖息于何处，又老死在哪一个角落吗？难道它们不是属于村庄的一个部分，不是抚慰了春种秋收所有人间烦恼的精灵吗？

整个村庄都在烈日下沉沉睡着，没有人听到我的心正不安地跳动。在村人正午短暂的睡梦之中，就连唤醒大地的布谷鸟的声音，也无法进入。所有的人，都陷入短暂的死亡。除了弟弟。

弟弟是一个人悄无声息地溜出家门的。我听见他的脚步声，幽灵一样消失在南墙根下。一只猫不知是不是做了一个噩梦，忽然从陈年的麦秸垛上跳了下来，但很快它又神秘地消失掉了。院子重新陷入安静之中，可以听到一只蚂蚁屏

飞鸟

着呼吸，踩过一片树叶的声音。一只麻雀，啪嗒一声将"天屎"遗落人间。父亲在房间里，翻了一下身，嘟囔一句什么，又打着呼噜睡去。我回身进屋，躺在凉椅上，看着房梁下两只眯眼睡去的燕子出神。窗外，布谷鸟响彻大地的鸣叫，正一声一声传来。

我在这样的叫声中，想象弟弟带着威严的弹弓，一脸孤傲地游荡在田野里。风一阵一阵地吹过来，撩拨着他脑后细长的"八岁毛"，也撩拨着他嗜杀的欲望。这一次，他想要射杀的，不再是随处可见、永远也消灭不尽的麻雀，而是从未现身过，却将叫声传遍整个北方的布谷鸟。

于是我做了一个噩梦。梦里滴落在弟弟弹弓上的那些已经发黑的血迹，忽然间变成红色的暴雨，弟弟在没有遮掩的大道上，疯狂地奔走、呼号，却始终没有人前来相救。天地间除了呼啸而至的血雨，就是穿透重重红色雨幕的布谷鸟的悲鸣，复仇一样的悲鸣……

我很快从梦中惊醒。窗外依然是燥热的，天空有些阴沉，好像真的要有一场红色的血雨，倾盆而下。我擦擦额头的冷汗，忽然想去寻找弟弟。

我走遍了整个的村庄，又将东西南北四条大道，都飞快地搜寻了一遍，我还爬到高高的土坡上去，俯视起伏的麦田，试图在麦浪中发现苍蝇一样隐匿的弟弟。我又穿过无边的苹果园,寻找那双瘦弱的小腿。可是,一无所获。

事实上,整个的村庄,都陷在沉入湖底一样深深的睡眠中。那些平日里跟弟弟呼来喊去的男孩,此刻也正在自家的床上,四体横陈,呼呼大睡。

"布谷——布谷——"那嘹亮的叫声,又响起来了。我忽然忆起寻找布谷鸟未果的那个午后,我想我要跟随着这只杳无踪迹的布谷鸟的鸣叫,一直走,一直走。只要跨过那条河流,我一定可以找到梦中哀啼的布谷鸟。当然,更能够找到在血雨中呼号的弟弟。

我最终在一大片桑园旁边遇到了弟弟。桑园距离沙河只有百米之遥。有邻村的女人,踩着石头蹚过河来,去村头哑巴家买黄豆芽。又有男人去白胡子家的小卖铺,采购几把镰刀,或者捎一块磨刀石。来来往往的路人里,只有一个背弓的老头,赶着一头黑牛,闲闲地扫了一眼蹲在地上的弟弟。

可惜了一只布谷鸟,叫得好好的,一个石子过来,就没了命。

老头自言自语地一边嘟囔,一边挥一下手中的鞭子,以便让那只试图钻进桑园的黑牛,回归正道。

而片刻前还一脸迷惑的弟弟,忽然就在这句话之后,惊慌起来。

弟弟想要逃走,却一起身,看到"幽灵"一样站在身后的我。

姐姐……我……想打一只毛毛虫……却……

弟弟涨红着一张脸，支支吾吾地，想要解释一些什么，最后却被我冷冷的逼视，给吓住了。就连他的"八岁毛"，也惊在了半空。

忽然，半空中一阵喧哗。我抬头，见一群鸽子正呼啦啦路过，并朝炊烟缭绕的地方飞去。

就在我仰头注视着鸽子，飞过天空中大片大片晚霞的时候，弟弟已经随着赶牛的老头，一起消失掉了。

我蹲下身去，久久地注视着那只寻找了很久的布谷鸟。它已经奄奄一息，眼中带着知晓自己将不久于人世的哀伤，麻灰的身体在轻微地颤动。它的小小的脑袋，枕在一块坚硬的石头上。我轻轻地将石头挪开，那上面已经沾染上红色的印记。它的脑袋，很快地低下去。它在这个世间最后的力气，就是那样平静地、孤独地，看我一眼。

沙河的水，依然在哗哗地向前流淌。这是村庄最普通的一个黄昏。牛在大道上哞哞地叫着回家，粪便从它们的身后热气腾腾地落下来。女人们也在热烈地叫着，呼唤她们的"牛犊"们吃饭。夕阳将扛着锄头的农人的影子，拉得很长很长。

没有人为一只布谷鸟的死亡觉得悲伤。

一切都在喧哗之中。这让人无法喘息的喧哗。

云　朵

　　我躺在竹椅上，抬头看天空上的云朵。我想我快要死了，或许过不多久，我就飘到了天上，成为那些空空荡荡的云中的一朵。

　　我不清楚自己得了什么病，家人对我讳莫如深。他们将我隔离起来，好像我会在阴暗的角落里滋生出千万个自己，并将全家人摧毁。于是他们便常常将我放在阳光下晾晒，试图驱散掉我体内肆虐横行的细菌。

　　那时我刚刚七岁，读一年级。可是这一年的初夏，因为这场病，我被迫休学在家。除了家人，没有人前来看我，好像整个村子里的人都消失掉了。庭院里静悄悄的，知了尚未开始蝉鸣，只有风，一缕一缕地从梧桐的叶梢上静寂地划过。空气也在风里，轻微地颤动着，发出清冷的声响。一只麻雀扑棱棱飞过屋顶，消失在深蓝的天空下。除此，世界便了无声息。

　　一只野猫不知何时蹑手蹑脚地走到我的身旁，而后拉长了四肢，伸一个懒腰，又冷漠地走开了。连一只猫都嫌弃我，我也忍不住嫌弃我自己。我所有吃饭的碗筷，都被单独搁置在橱柜的一个角。午饭的时候，姐姐蹙着眉，将碗筷送到我的面前。我坐在自己的小方桌上，低头慢慢吃着香椿芽汁浇淋过的手擀面。我吃了好久，吃到一家人都要午休了，那碗里还是剩下了大半。我的身体轻飘飘的，不如一碗面条的重量。房间里的一切，变得虚无起来，包括我的喘息，也越来越远。我觉得自己飞起来了，从绿色的纱窗里，尘埃一样飞了出去。

昏沉沉醒来的时候，家里只剩下姐姐，在院子里洗着一盆的碗筷。我的自然是单独被搁置在旁边洗的。姐姐将我的碗筷洗了又洗，完了她还认真地打着肥皂，一遍遍地仔细搓着双手，要搓下一层皮一样恶狠狠地搓。我屏气凝神，不敢出声，怕姐姐忽然间注意到我，将我也一起给洗化在水盆里，而后一股脑儿全泼进阴沟里去。

我想起外公，他去世的那一年病得很重，舅妈对他很嫌恶，百般苛责。母亲心疼，让父亲用平板车将外公拉到我们家里，变着花样给他做好吃的饭菜。饭后，父亲便将他搀扶到南墙根下的马扎上，晒晒太阳。我因为可以跟着外公每天吃一个蛋黄，而跟他格外地亲近。我像一条小狗，依偎在他的身边。我还学他的样子，仰头，微闭起眼睛，享受着自半空中倾泻而下的阳光。那是春天，一切都是暖的，新的。干枯的玉米秸上，麻雀的粪便正闪烁着白色的光泽。墙头上斜伸出一枝桃花，引来三两只蜜蜂嗡嗡地叫着。云朵以亘古不变的白，在深邃的天空中飘荡，它们要飘向哪儿去呢？我问外公。外公什么也没有说。他的喉咙里，发出呼哧呼哧的喘息声，像一条瘦弱的老狗。他已经在这明媚的春光里睡过去了。

现在，我也像外公一样，每天都会被父母给搀到躺椅上晒一会儿太阳。我觉得我离死亡一定也不远了。尽管我的喉咙里尚未发出沉重的喘息，我的肤色在蜡黄中也依然透着一抹淡淡的潮红。可是，我的身体却轻得像一片羽毛，似乎一阵风过，就能将我从竹椅上吹起。风会将我吹到哪儿去呢，我并不知道。但我想，或许风会将我吹成一朵云吧。在浩渺无边的天空上，与无数的云朵飘荡在一起。那时，我已失去了语言。在庭院里忙碌的家人，再也听不到我虚弱的呻吟。即便我在树梢上向他们呼喊，也不会有人抬头看我。他们当然会在忙碌的间隙，看一会儿蓝得快要滴落下来的天空。可是，他们不知道哪一朵云是我。他们并不关心这一朵振翅飞翔的云，跟另外一朵梦中酣睡的云，有什么区别。他们只是仰头看上一会儿，什么也不想，便重新低下头去，做手中的活计。而我，就这样静静地游荡在空中，俯视着这个曾经留下我欢声笑语的村庄。那时我的心里，一定溢满了孤独。

我不需要上学，也无须做任何事，于是我成了一个闲人。除了按时吃药打针，我就跟猫猫狗狗一样，沿着墙根，从巷口走到巷尾，再从巷尾折回巷口。阳光穿过云朵、尘埃和阔大的梧桐树叶，落在我的肩头。我很想跟谁说一些什么，可是，每个人都在忙着。羊在忙着吃草，猪在忙着睡觉，牛在忙着拉粪，狗在忙着追逐。就连鸡，也在柴堆中忙着刨食。柴堆中的虫子呢，自然在忙着逃过鸡的啄食。

　　这是初夏，整个村庄都在热烘烘的忙碌之中。除了我，还有阿桑。

　　阿桑比我年长，他在即将前往镇上读初中的暑假生了一场怪病。他的鼻子里不停地流血，于是他便时时地仰头朝向天空。村里人都说，他的血流光的那一天，就会从村庄里消失。谁也不知道这一天究竟何时到来，但死亡的阴影却笼罩在阿桑的身上。于是他走到哪儿，哪儿就会有一片云，阴郁着一张脸，将阳光哗啦一下驱散。路人便叹着气，注视着这个可怜的即将消失的男孩，不知道该对他说些什么。

　　可是，死亡是什么呢？我不清楚，但也丝毫不觉得奇怪。每年村庄里都会有一两个人死掉，我倚在门框上，看着披麻戴孝的大人们，犹如迎接某个节日一样，步履轻松地穿梭来往。即便是哭泣，他们的脸上，也没有多少的哀伤。哀伤早已消耗在那些与日常对抗的琐碎生活之中。迎生送死，与日出日落一样，被村人视为平常。于是一个人的死亡，不管是德高望重的老人,还是不幸早夭的婴儿,都只是一阵风起,树叶翻转着发出簌簌的响声,随即便平复如初。

但我总是想象某一天,坐在阳光下的阿桑,仰头看天的时候,会忽然间有一片阴云,将他的魂魄,瞬间吸走。于是,他就像一只金蝉,将干枯的躯壳,随意地留在吱嘎作响的竹椅上,便从庭院里消失不见。他的父母从田间干活回来,看到阿桑枯萎的躯壳,一定不会放声大哭。他的母亲,或许会走上前去,将旧衣一样的躯壳收起,细心叠好,放入有着樟脑香味的木箱里,而后啪嗒一声落锁,走出门去,抓一把小米,咕咕唤着雏鸡们前来啄食。阴云已经散去,风吹动树叶,筛下万千的金子,并送来隔墙海棠的香气。一切都是静寂的。

只是此刻,阿桑还在街巷里游荡。他依然虚弱地活在这个世上。阿桑瘦瘦高高的,有一张好看俊秀的脸,眼睛细长,鼻子高挺。我怀疑他总是仰头捏着鼻子的缘故,于是鼻翼便始终保持一种向着天空的姿态。有时,那里还会有细细密密的汗珠浸润着,阳光照射下来,便亮闪闪的。他顶着这些闪亮的珍宝,微仰着头,行走在大道上。他跟谁都会眯眼微笑示好,就是一条小狗,他也会站住了,逗引它几句。或者干脆蹲下身去,抚摸着它的身体,悄无声息地陪伴它一会儿。那时,他的眼睛里干干净净的,犹如秋天澄澈的溪水,不染尘埃。

女人们见了阿桑就问他：今天又吃桑葚了没？不要吃啊，再吃你的血就流光了。

阿桑就羞涩地点头，说：好。

老太太们颤颤巍巍地站起来，拍拍阿桑的肩膀，叹一口气：多吃一些，你太瘦了。

阿桑依然微微笑着点头，说：嗯。

男人们扛着锄头下地干活，从阿桑身边经过，便扯着粗粗拉拉的嗓音冲他嚷：等身体好了，抡大锤去地里干点活儿，保管你能积攒下使不完的劲！

阿桑还是一脸的温顺，回一句：知道了。

可是，人们等他一走，就会摇摇头，叹息说：唉，可惜了，这么好的孩子。

每个人都知道阿桑就要死了，包括我。只是那一天什么时候到来，没有人知晓。人们只是看着阿桑行走在村庄里，就像看着一朵云，每日在天空上游荡。只要云在那里，人们就不会去想，明天它是否还会经过。

桑葚快熟的时候，小孩子们穿行在桑树林里，惊喜地寻找那些隐匿在桑叶中紫得发亮的桑葚。婆娑跳跃的桑叶中，它们像一只只鸟雀，时而闪现，时而消失。桑树高高地向半空里伸展，小孩子走进去，很快便不见了踪影。只听到布谷鸟的叫声，穿越大地，远远传来。风抚过重重叠叠的桑叶，卷起一条深绿色的河流。我会在闪烁的河流中,瞥见阿桑的影子。他的眼睛黑得发亮,像一只夜晚寻找猎物的机警的野猫。他的身体也不再孱弱,大地深处不断向上蒸腾着的生命的热力,氤氲环绕着他,让他瞬间有了动人的光泽。一只瓢虫摇摇晃晃地爬上高高伸向半空的树叶,并在一阵一阵的风中努力地找寻着平衡。蜜蜂被桑葚的清甜诱惑着,从遥远的野花丛中飞来。就连蚂蚁,也从大树下浩浩荡荡地列队抵达桑林,向着高高的树梢爬去。

阿桑并不去采摘那些甜蜜的诱惑,更不会品尝,他只痴迷于寻找。他的敏锐的嗅觉,指引着他,朝那些闪闪发光的紫色的诱惑一步步靠近。最后,他在某一粒饱满的若隐若现的桑葚前停下脚步,屏住呼吸,微闭起双眼,深深地嗅着。

那时,大人们总是警告小孩子,不要吃太多的桑葚,否则很快会跟阿桑一样,鼻子流血而死。小孩子听了便惊恐地睁大了眼睛,紧咬着被桑葚染成紫红色的嘴唇,茫然地发一会儿呆,忽然想起嘴里还有两枚嚼着的桑葚,便忙忙地吐掉,又跑到井沿边,拿起葫芦瓢子,装半勺水,咕咚咕咚地灌了下去;喝完了又用袖子一擦,将唇边的紫红色印记抹到腮帮上去,这才晃晃荡荡地走开。

但我还是喜欢偷偷地吃,一粒一粒地放进嘴里,慢慢嚼着,让那甜美的汁液充分地浸润每一颗牙齿。让它们在饱含着欲望的蓬勃的身体里流淌。想象中,那些紫色或者红色的汁液,在我的五脏六腑中汇聚成了河流,动荡不安地流淌,最终,侵入我的血肉,并与每一个细胞融为一体。

我想起阿桑,他再也不能享用这样的美味了。过不多久,他就从我们的村庄里,像一株麦子或者一棵玉米一样,一镰刀砍下去,便永远地消失掉了。如果我是阿桑,知道自己即将死掉,或许会将村庄里所有熟透了的桑葚都吃掉的吧?这样,当我离开这个世界,便不会遗憾。即便桑葚将我整个的身体,都染成了紫色,又有什么呢?我已经尽享了枝头万千的美味,我可以放弃这沉重的肉身,振翅而飞。

可是阿桑,他依然迷恋流光溢彩的生命,所以他渴望活着,哪怕小心翼翼地活着。他像一只羸弱的大鸟,爱惜身体上最后仅存的一根羽毛一样,爱惜着自己的身体。他的每一天,几乎都是在庭院里静坐,或者大街小巷游荡中度过的。他的身体藏匿在肥大的衣服里,似乎永远地消失了。只有风吹过来,掀起衣服的一角,露出微弱起伏的肌肤,才知道底下蜷缩着一个尚有气息的人。

不知是不是因为阿桑的病,他家的院子里,总是暮气沉沉。就连鸡鸭,奔跑起来也悄无声息,似怕打扰了阳光下沉睡的阿桑。墙头上的麻雀,扑棱着翅膀飞起来,落在不远处的玉米秸上,细瘦的脚趾碰到干枯的叶子,便传出簌簌的响声;于是那麻雀便急急地刹了脚,又惊慌地回头张望一眼,

云朵

看到阿桑这张人皮依然沉寂地搭在老式摇椅上，便稍稍放了心，慢慢蹲下身去，微闭上眼睛，陷进阳光里去。

每个人走进阿桑家坍塌了一半院墙的庭院，都会屏声敛气，似乎呼吸稍重一些，就会将阿桑这片羽毛吹走。邻家女人跟阿桑娘谈着今年麦子的长势，地里野草快要长疯了，再不趁早挖掉，一场雨落下来，麦子就被侵吞掉了。说话的间隙，女人会看向摇椅上的阿桑，他的身体，正在光影里摇来晃去，于是一小片一小片的阳光便在他的脸上金晃晃地闪烁着。女人看上一会儿，被那阳光晃得眼晕，便扭过头来，叹口气，将声音压低下去，近乎窃窃私语般地打探道：最近阿桑怎样？似乎又少了一些血色……

阿桑娘早已习惯了人们用貌似关爱的语气，给予阿桑的同情，就像人们也习惯了阿桑家的门口，每天都有一小罐中药渣倒在地上一样。况且阿桑娘的肚子开始微微地隆起，又一个小小的孩子，将在这个家里诞生，接替或许明天就会飘到云上去的阿桑。女人们还将手放在阿桑娘的肚子上，摸上片刻，而后毫不犹豫地说：放心吧，肯定是个男孩。

是个男孩又怎样呢？说的人没有继续，但每一个听的人，却都默默地松了口气。就连阿桑娘脸上的阴郁，也被扫帚扫了一层浮尘一样，有了些许明亮的色泽。阿桑爹还会兴奋起来，一副杀猪宰羊要款待人的热情，搓着手，不知道该说些什么给送吉祥话的人。

小孩子们也不喜欢找阿桑玩，尽管阿桑娘总是带着一丝的恳求，让我们进院子里来，陪阿桑说说话。她还拿闪闪发光的水果糖诱惑我们。总有些像我这样立场不坚定的孩子，被一枚甜美的糖果吸引着，迈进院子里去，在离阿桑两三米远的马扎上坐下来。可是没有人知道该说些什么，小孩子们嘴里嚼着糖果，咯吱咯吱的，仿佛一群老鼠在默默啃噬着床腿。天上的云朵飘来荡去的，有一朵被风吹到了梧桐树上，于是挂在那儿，像也被阿桑娘的糖果给引诱住了，想要挣脱，却摇摇晃晃地始终脱不了身，于是便下倾着身体，与上扬着小小脑袋的孩子枯燥地对视着，惴惴不安地琢磨着，吃完了这块糖果，应该如何跟阿桑告别。

在我没有生病以前，我是很多个为了糖果而去找阿桑的孩子之一。有时候，这样的糖果也不能将我吸进暮气沉沉的庭院里去。让我在阴凉中坐上半个晌午，陪阿桑说些什么，或者什么也不说，只是干枯地坐着，我会有受刑一样的痛苦。我怕一不小心，自己也会变成一具干瘪的人皮，最后在阳光里蒸发。

可是现在，我觉得自己也快要死了。我躺在凉席上，仰望着每天都没有重复出现过的云朵，从上空飘过，便想到了阿桑。我想我需要去见见阿桑，跟他说些什么，或者什么也不说，只是默默地陪他坐上一会儿。他很快就要走了，离开我们的村庄。我知道他还会回来,化成一朵云,每日从村庄的上空飘过。他会跟布谷鸟的叫声一起,会跟悄然坠落的桑葚一起,在这个初夏的午后留下一些印记。尽管除了一个不肯午睡的孩子,没有人会注意到他落在一片梧桐树叶上的阴影,或者路过自家庭院时,发出的一声细微的叹息。即便他化成一只鸟,在院子里觅食,偶尔轻轻啄一下母亲的脚趾,他的家人也不会想起那是阿桑回来探望他们。人们像迎接春种秋收一样,一茬茬地收割着庄稼,并将昨天,埋葬在无数个昨天的泥土里。

总有一天,人们也会像忘记阿桑一样将我忘记的。想到这一点,我就觉得悲伤。于是我便想去见一见阿桑,陪他在院子里说一些什么。

我拖着虚弱的身体,走出门,慢慢穿过幽深的巷子。巷子里有几只鸡在阳光里静静地刨食,柴堆里于是腾起细微的尘灰。一条狗卧在邻家门口,长久地扭头看向巷口虚无缥缈的天空。那里正有明亮耀眼的光芒倾泻而下。长满青苔的墙上,泥灰已经脱落,一只去年的蜗牛死在它灰扑扑的壳里。那壳挂在老旧的墙上,摇摇欲坠,但很多次大风经过巷子都没有将它吹落。死去的蜗牛还有躯壳,提醒着路过的人,它曾经生机勃勃地活在这个世上;可是阿桑在不久的某一天死了,被埋进了泥土,就连他的父母,或许都会很快地将他忘记。他的活泼朝气的弟弟将取代他,重新将小小的庭院盛满。

走出巷子,便是村庄的大道。初夏的正午,人们都在沉睡。大道上只有一两个人,一闪而过。赶着毛驴叫卖瓜果菜蔬的商贩,似乎也怕打扰了村庄的睡眠,便噤了声,倚在一棵大槐树下,缩在草帽里眯眼打盹儿。那头无所事事的干瘦的毛驴,便站在那里默默地发呆,时不时地跺一下脚,晃一晃脑袋,驱赶蚊蝇的骚扰。

我走得有些气喘。就连地上的影子,看上去也虚弱无力。我想我的脸上一定跟阿桑一样,泛着虚浮惨白的光,像一具泡在水里许久的尸体。让我一点点向前移动的,不是我的双脚,而是试图挣脱躯壳的魂魄。它一定跟我一样,厌倦透了这具疲惫不堪的外壳,它破败、陈旧、有气无力。它并不眷恋这个残喘的躯体,它只想跟另外一个即将消失的躯壳,去说一些什么。

我好像走了很久,才穿过那条长长的大道,抵达跟我家门口的巷子几乎一模一样的另外一条小巷。走过三户敞开着的庭院,便是阿桑的家。隔着低矮的院墙,我看到了阿桑。他一如既往地缩在竹椅里,仰头注视着天空。天空上什么也没有,连一朵云也没有。似乎云朵也隐匿在某个地方,睡过去了。于是那里便只剩了让人想要叹息的无边无际的蓝。那蓝如此地深邃,又那样地饱满,总让人担着心,会有那么一滴,从天空上坠落下来。

阿桑并没有看到我。他的嘴唇微微张着,似乎想要接住天空上那即将坠落的浓郁的蓝。他单薄的身体,随着呼吸有节奏地一起一伏,像一只气息微弱的青蛙,安静地蹲踞在空旷的院子里。我很想以同样的姿态,与阿桑并排躺在一起,穿越重重的树叶,看向深蓝的天空。那里是阿桑即将抵达的地方, 也是另外一个替代他活在这个世上的婴儿即将降落的地方。但我却什么也没有做。我只是静静地站在院墙旁边,注视着气若游丝的阿桑。风吹过来,掀起他薄薄的衬衫,露出青紫色的肌肤, 那颜色像他吃下的无数个桑葚一样的紫。

一声轻微的咳嗽,将我吓了一跳。阿桑娘挺着圆润的肚子,拿着一条薄毯,笨拙地摇摆着身体,从堂屋里走出来。我立刻猫下腰,只留两只眼睛,透过矮墙看向庭院。阿桑娘将薄毯搭在阿桑的身上,又细心地在边角处掖了掖。阿桑微闭着双眼,一动不动,好像已经睡过去了。阿桑娘低头静静地看着,树叶婆娑摇动,筛下万千闪烁的金子,落在她的脸上,和隆起的肚子上。她的衣服已经遮不住腰身,于是便露出挣裂了一般的肌肤。她的肚子里藏着的,不是一个孩子,而是一股巨大的能摧毁房屋甚至村庄的风;这风从肚子里挣脱的那一刻,也会将阿桑席卷而去。我半蹲在矮墙下,这样想着,心里忽然充满了惊惧。

天上的云朵日渐地浓密。地上的暑气也日日蒸腾着,与炊烟缠绕在一起,沿村庄缓慢流动。夏天的风使着劲,憋着气,老牛一样,闷头冲撞着腰身肥胖的村庄。可是浓重的暑气中,风最终还是懈怠下来,化成一小股,细细地,沿着巷子流进流出。

阿桑娘就要生了,母亲自然也忙碌起来。她将接生用的钳子镊子剪子酒精棉球之类的东西,一样一样备好了,放在小小的铁皮箱里,以备某天深夜,我们家的房门忽然被嘭嘭嘭地砸响。院子里的猪也在忙着生,兔子拖着肥胖的肚子转来转去。就连邻居家的狗,不知什么时候,也怀了一个野种,每天愧疚地躲在角落里,觑着人出出进进。它们都不需要接生,哪天早晨起来,猛不丁就能在院子里,看到一窝活蹦乱跳的幼崽,热乎乎地拱着母亲的乳房。

但阿桑爹却是紧张的,他紧张这个孩子是男是女。如果是个男孩,当然皆大欢喜,就连因阿桑的病而整日阴郁的院子,也似乎可以冲得更明亮一些。可如果是个女孩,村里或许每一个人都会像他一样,发出一声重重的叹息。他因为这样的叹息,而觉得羞耻。阿桑是贴在整个家族门楣上的晦暗的印记,他需要一个新的孩子,而且一定是男孩,来清洗这不知何时会消失的印记。

整个村庄的人,都被阿桑娘的肚子牵引着,卷入兴奋的旋涡。阿桑已经虚弱到出不了门,人们因此更加地惦记他,见阿桑娘扶着墙走出来，就一只眼觑着她快要拱破了的肚子，一只眼落在她的脸上，试探着问道：好久没看到阿桑了，他身体怎样了？

阿桑娘红润的脸上便浮起一抹尘灰：还是那样。

问的人有些失望。他们其实更希望听到阿桑娘说一句"怕是熬不过孩子出生了"。阿桑的死，像悬在半空里的一把锤子，人人都想听到锤子落在地上时发出的沉闷的声响。人们还需要看到田间新堆起的一座坟头，那坟小小的，也没有花圈矗立在那里，并在风里应景似的发出呜咽的哭声。每个人都在等着这未完的一道程序，以至于等得有些心焦、烦乱，到最后，终于失去了耐心。

我忽然间有些怕，夜里睡不着，便问母亲，我会不会跟阿桑一样死掉？

母亲用蒲扇"啪"的一下打我屁股，训斥道：半夜三更的，不说吉利话，小心鬼上门！

我还是怕，大着胆子刨根问底：我到底会不会死？

母亲翻身起来，恶狠狠瞪着我。暗夜中，她的眼睛里射出狼一样凶狠的光。我当然没见过狼，但我却知道狼吃人，我怕母亲被狼附了体，便用毯子蒙了头，假装睡去。

母亲重新躺下，并重重地叹了口气。我不知道她究竟为阿桑叹息，还是为我。我的心里，又被重重迷雾笼罩住了。

总有一天，人们也会追着母亲，问我会不会死掉的吧？

我闭上眼睛,打着哈欠,在慢慢袭来的睡意中,这样想。

　　阿桑娘眼看着就要生了。她扶着腰,挺着肚子,一步一步走进我们家院子。母亲正在搅拌鸡食,看她进来,立刻放下勺子,站起身来。鸡们于是一哄而上,将食槽啄得啪啪直响。

　　母亲拍拍手,笑着迎上去:干吗亲自来,让阿桑爹说一声,我过去就是了。

　　阿桑娘扶着母亲拉过来的椅子,但并没有坐下的意思。她看着蔫蔫的我,脸上的愁绪,更多了一层。

　　母亲知道阿桑娘的意思,便轻声安慰:别担心,阿桑是顺产,这个也不会有什么问题。况且有我守着呢。

　　阿桑娘勉强挤出一丝笑来,看向我:二闺女好一些了吧?

　　母亲皱眉:好一些了吧,左边屁股都被针管扎硬了,只好改扎右边。

　　阿桑娘带着一些羡慕:那二闺女很快就可以去上学了。

　　母亲丢下我,走向猪圈,一边探身看着哼哼直叫的小猪,一边回道:估摸是吧。

　　我没吱声,但知道母亲在撒谎。

　　两天后的黄昏,母亲放下粪箕子就急急地朝父亲喊:记得给老二打针,玉米粥先焖在锅里,我回来再喝!

父亲还没来得及回话，母亲就快步出了门。

我从椅子里探一下身，扭过头，透过猪圈口，看到母亲在院墙外一闪而过。父亲将粪箕子里的草抱着扔进猪圈，然后自言自语道：总算生了。

我的小腿忽然抽筋起来，于是"哎哟"叫了一声。但我不想让父亲听到，便强忍着痛，让那千万根针扎着一样的疼，慢慢扩散开去，一直到最后，小腿僵硬的那一块肉，重新跟其他肉融混在一起。

然后，我听到女人的哭声，穿过几条巷子，穿过重重的楝树、梧桐、槐树、香椿，还有青瓦、白墙、红砖，以及厚重混浊的热浪，蜿蜒向前的风，抵达我的耳边。我像一条狗，机警地竖起耳朵，捕捉着日渐响亮起来的哭声。

很快，哭声从单调的女高音，变成辽阔的男女大合唱。间或，那浩荡的水域上，还会夹杂着小孩子受了惊吓般的一两声哭喊，但随即就噤了声。

父亲很快地走出门去，我听见他在门口跟胖婶说话：怎么了？

胖婶晃着一身的肥肉，停也没停，急忙地回复道：阿桑不行了。

我的小腿又有抽筋的迹象，我立刻站起来。我想出去走走，活动一下。也或许，我根本就不是想要活动，我只想跟胖婶一起，朝阿桑家奔去。我想要看阿桑最后一眼，这样我就能知道,等我死的时候,人们将会为我怎样忙着哭泣。

可我还没有走到门口,就被父亲给训斥住:干什么去?

我嗫嚅着,不知道该如何回复。

父亲早就看穿了我:小孩子不要去,不吉利!

到底是小孩子去了不吉利呢,还是阿桑死了,他家院子里不吉利的气息,会细菌一样传染给我呢,父亲并不说清,我也不想问清,但却怯怯地回转过身,一步一步地朝我的躺椅走去。恍惚中,我似乎看到那把椅子上,躺着阿桑,他已经成了一张空荡荡的人皮,像一张墙上的旧画,卷起的时候扑嗒作响,又有灰尘扑簌簌地落下来,在阳光下飞舞。

我冲着阿桑绽开笑脸。他也笑。

阳光铺满了庭院。一切都如此美好。

我们依然什么都没有说。好像我们的心里,隐藏着许多熠熠闪光的秘密。

天上的云朵变得稀了,一朵一朵,四散开来。似乎它们簇拥得有些长久,需要离远一些,喘一口气。也或许,是风将它们吹开的。风将大地上的玉米吹熟,大豆吹黄,棉花吹白,高粱吹红。风也将坟头上的草,吹到干枯。风当然也将我的病,吹得很远。

只是风再没有将阿桑吹回昔日的庭院。他的新家,坐落在日渐荒凉起来的旷野里。黄昏,我在放学后路过,总是忽然间害怕,怕那小小的土堆里,会有一团气体,徐徐飘出,并在我的身后,不紧不慢地一路跟着。我向前,它也向前。我站住,它也站住。我回头,它并不回头,却会在虚空中现出似笑非笑的一张脸来。那是阿桑的脸,苍白的、纸一样一戳就破的脸。

而远远的,正有一个婴儿的哭声,从某个炊烟袅袅的庭院里传过来。那哭声如此地有力、饱满,有着勃勃的生机,能唤醒沉睡的大地,并让整个家族的人,欢快地聚拢过去。

我于是绕开小小的坟墓,加快了脚步,朝着快乐的哭声跑去。

大片大片的云朵,正在我的身后,燃烧着整个天空。

云朵

月 亮

我躺在凉席上看月亮。

天上只有一个月亮，庭院里却有好多个。一枚飘进水井里，人看着井里的月亮，月亮也看着井上的人。一枚落在水缸里，一只蚂蚁迷了路，无意中跌落进去，便划出无数个细碎的小月亮。父亲的酒盅里也有月亮，他"吱"的一声，吸进嘴里半盅酒，可那枚月亮还在笑笑地看着他。牛的饮水槽里，也落进去一小块月亮。牛已经睡了，月亮也好像困了，在那一汪清亮的水里，好久都没有动。母亲刷锅的时候，月亮也跟着跳了进去，只是它们像鸡蛋黄被母亲给搅碎了。刷锅水都没有了，无数个月亮还挂在锅沿上，亮晶晶地，闪着光。

睡前洗脸的时候，月亮便跑到了搪瓷盆里。水被我撩起来，又叮叮当当地溅落在盆底，晃碎了盆中漂浮的月亮。等水恢复了平静，我将手放进水里，月亮又绽开饱满的笑脸，落入我的掌心。我忽然想给月亮也洗洗脸，于是便将水不停地撩在它的身上。月亮怕痒似的，咯咯笑着，四处躲闪着。

那时，人们都已经睡了。偶尔听到吱嘎一声，也是邻家在闭门落锁。有时，院墙外传来的轻微的脚步声，总会让人心惊肉跳起来。若再有一个影子，忽然间从墙头跃下，更会吓出一身冷汗。好在天上的月亮，正注视着人间。那些满腹心事的人，不管日间如何怀了鬼胎，到了晚上，抬头看到将整个大地照得雪白的月亮，总会像老鼠一样，又悄无声息地缩回洞里。

等到人们纷纷关了房门，上床睡觉，月亮又飘荡到了窗前。原本陈旧黯淡的房间，忽然间蒙上了梦幻般的迷人色泽，在静寂的夜里，闪烁着微芒。我打个哈欠，闭上眼睛，鱼一样倏然滑入梦中。

梦中也有月亮，只是梦里不再是永远走不出的村庄。一个孩子的梦境，是笼在月光里的。月光下有起伏的大海，闪亮的贝壳，飞逝的鲸鱼；而幽深险峻的山林中，则有蒙面的强盗一闪而过。因为高悬的月亮，一个孩子的梦境变得深邃辽远，可以抵达或许一生都无法触及的世界的尽头。

半夜，我出门撒尿，睡眼惺忪中，看见月亮依然当空挂着。这时的人间，阒寂无声，似乎所有的生命都已消失，或者化成千年的琥珀。星星已经散去，只有疏淡的几颗，飘荡在天边。夜空是另外一个广袤的人间，在那里，月亮与星星永远没有交集，它们隔着不远不近的距离，在浩渺的夜空中孤独地游走。可是它们又相互陪伴，彼此映照，用微弱的光，一起照亮漆黑的大地,让走夜路的人,在月光和星光之下,怀着对这人间的敬畏,悄无声息地赶路。

一整个夏天,我似乎都在看月亮。村里的大槐树下,天一黑下来,便三三两两地坐满了人。他们跟我一样,也喜欢仰头看天上的月亮。

村口正对着大片的玉米地,晚风吹来泥土湿润的气息,青蛙躲在池塘边不停地鸣叫,蛐蛐儿在人家墙根下,有一声没一声地歌唱,树叶在风中哗啦哗啦地响着,玉米地里也在簌簌作响,好像有谁在里面猫腰穿过。这些声音,让月光下的村庄,变得更为寂静。就连躺在席子上仰望星空的男人们,也将日间的粗鲁去掉了大半,用温和的声音回应着我们小孩子稀奇古怪的问题。那些在明晃晃的阳光里看上去粗糙的女人呢,此刻更是有了几分月亮的温婉和动人。

月亮离人间,究竟有多远呢?几乎每天晚上,我都要想一遍这个问题。

大人有大人的世界,对小孩子稀奇古怪的想法,并不关心。即便他们看向夜空,满天的繁星也不能让他们暂时脱离这个世俗的凡尘。他们仰头看着寂静的月亮,嘴上却热烈讨论着粮食、化肥、农药或者收成之类的俗事。有时他们也会跳出粮食,聊一些神秘的事,常常说着说着,声音就低了下去,好像怕有人偷听。我们小孩子好奇,偏在这时候要凑近了听个明白，大人们便轰小鸡一样，让我们一边凉快去。他们聊的，不过是谁家的男人女人私奔了，上吊了，或者喝农药自杀了之类的事。我并不太明白私奔是怎么一回事，但年长几岁的姐姐，却面红耳热起来，好像那个跟着男人私奔的女人是她一样。女人们尤其热爱这样的新闻，在月亮底下，她们比白天还要兴奋地讨论着这些，脑袋凑在一起，叽叽喳喳的，像一群扎进槽里奋力啄食的母鸡。她们的眼睛里，还隐匿着两颗星星，在暗夜里亮闪闪的，发着光。

我虽然并不懂私奔，但却知道私奔的男女，一起离开了他们的村庄。而且，是在有月亮的夜里离开的。我因此也希望有一个人，带着自己"私奔"，离开故乡，去很远很远的地方。至于远方在哪里，我并不清楚，就像大人们从未告诉过我，月亮距离人间有多远一样。但我却痴迷于那闪烁着梦幻光泽的远方，那一点儿梦幻，点燃了我心中浪漫的想象和对流浪的向往。我因此迷恋月亮，我想它一定知道每个村庄里隐藏的秘密，但它却从不对人提及那些月光下发生的惊心动魄的故事，偷盗或者私奔，死亡或者新生，所有这些，都被月亮悄无声息地记下，并藏在某一个无人知晓的角落。

啊，这样想来，月亮是多么神秘的存在。

而那些上吊自杀的女人，她们之所以选择有月亮的夜里，是不是也怕黄泉路上一片漆黑，会被孤魂野鬼惊吓？人在临死前，也依然眷恋着最后的一点儿光亮，哪怕仅仅是遥远的一抹清辉。那时,女人上吊自杀并不是什么稀奇的事,相比起喝农药,上吊往往给人们带来的震惊更为长久。尤其第一个看到上吊女人的村民,往往会把那个场景无休无止地讲上很多遍,甚至很多年也不能忘怀,好像她是送女人奔赴黄泉路的使者,专门负责传递她与人间最后微弱的关联。

"那天的月亮啊,是昏黄的,朦朦胧胧,好像被一层纱给遮住了……"

那人往往这样开头。她的声音诡异,缥缈,虚无,好像她再一次被上吊的女人给拉去了黄泉路的起点,就连她的眼神也飘忽起来。我相信她的魂魄也从身体里游荡而出,轻飘飘地,微尘一般,浮游在夜色之中。人们已经听了很多遍这样的故事,可是每次还是被这个开始于月亮的惊恐故事给吸引住,并立刻停下闲言碎语,凝神听女人讲下去。

"说也奇怪,我走到玉英家巷子口的时候,双脚不由自主地就被一种力量给牵引着,去了她家,原本,我是要去另外一个巷子的。在她家门口,我还踩了一条软绵绵的青蛇,几乎把我吓个半死,那条蛇也被吓坏了,停了半晌,才慌慌张张地爬进麦秸垛里。你们也都知道,玉英家院子其实挺小的,可是那一晚,却被月亮照着,看上去又空又大,没有边沿似的。就连我的影子,也格外地长。那晚村子里停电,玉英家也没有点灯,我就喊了几声,但是没有人应,只有一只老鼠嗖嗖地穿过庭院,跑进猪圈旁边的洞里。月亮那时移到了梧桐树梢上,依然有着朦胧的光晕,不过比之前稍微明亮了一些。我走到堂屋门口,门虚掩着,我推开门,问了一句:玉英在家吗?还是没有人应。我想玉英平时都在家的啊,倒是她那个死鬼男人,吃喝嫖赌的,十天半个月不在家也是常有的事。就是玉英不在家,她的公婆也该在家吧,可是,真奇怪,他们也不在家。后来啊,我听说那时节把玉英暴打一顿而后卷钱跑出去继续赌博的死鬼男人,喝得烂醉,正躺在沟里呼呼大睡。而她的公婆,则很奇怪地一起出了门,而且还只是去小卖铺买一盒火柴!所以人的命啊,十有八九都是老天爷掌控着,想让你死,创造一切条件让你死,你躲都躲不了。因为没有人,我于是转过身来,打算回去。也是该着我撞鬼,走到灶台旁的偏房的时候,我见门虚掩着,下意识地就推开其中的一扇,看了一眼。妈呀!这一眼不得了,我看见房梁上一根绳子耷拉下来,摇摇晃晃地,而那上面吊着的,正是玉英!她的舌头伸出来,长长地耷拉着,眼珠一动不动地瞪着我,好像有许多的话要说……

　　每每听到这里,我都会惊恐地捂上双耳,躲到母亲身后去。母亲的脊背凉凉的,不知是风吹的缘故,还是她也被吓出了一身冷汗。村口的风大了起来,呼啦啦穿过高粱和玉米地,从四面八方涌进了村庄。人们手中的芭蕉扇停了下来,没有人再开口说话。就连讲故事的女人,也好像被鬼魂给震慑住了,眼睛直愣愣地瞪着遥远的夜空。一声狗叫忽然间响起，将夜色溅出一圈涟漪，人们陡然一惊，浑身打个哆嗦，这才重新回到月光笼罩下的虫鸣声中。

那个女人究竟是怎么逃离玉英家的呢？每次我都听不到结局，好像故事就永远定格在了上吊自杀的女人，吐着舌头成为鬼魂的那个瞬间。人们想着玉英生前的样子，脸圆圆的，婴儿一样，说话柔声细语，见人永远都笑呵呵的，可就是这样一个温婉的好人，却偏偏命运不济，在一年前结束了自己的生命，这多么让人悲伤。这样的悲伤，因为静默不语的月光，越发地浓郁起来。于是人们不再像之前那样张家长李家短地碎嘴碎舌，而是悄无声息地起身，卷上席子，捡起蒲扇，夹上马扎，踩着自己的影子，深一脚浅一脚地，啪嗒啪嗒走回家去。我们小孩子自然也不用大人赶，一骨碌爬起来，夹着惊恐的尾巴，沿着大道朝家里飞奔。偶尔有一两只路边夜宿的鹅，吓得起身尖叫一声，好大一会儿，才重新缩着脖子睡去。

如果没有人讲惊悚的故事，月光环绕住的村庄，因比日间少了许多的浮躁和喧哗，而成为我们小孩子一天中最为迷恋的时刻。黄昏，暑气开始消散，如果再吃上半个水井里冰镇的西瓜，被知了给叫晕了的整个人也神清气爽起来。太阳只剩下一抹余晖，若有若无地挂在天边，月亮早已在对面升上了树梢。于是我便走去村西头，找阿秀和大芹玩捉迷藏。

那时，月亮正掩映在阔大的梧桐树叶中，露着一小半朦胧的身影。人在地上小跑，月亮也会在树叶的间隙中，一路跟着跑。人在麦秸垛旁边站住了，月亮也顽皮地停下来，低头望着半睡半醒中的大地。

夜色已经完全笼罩了村庄。月亮的光泽，便玉石一样莹润起来。人伸出手去，那微芒便落在掌心，白白的一小片，好似一吹即化的薄薄的雪。月光让整个村庄变得唯美起来，鸡鸭牛羊都觉出自己的晦暗，躲到窝里，或者卧在地上，小心翼翼地朝夜空上觑着，不发出一点儿声息；好像天上藏着一个仙人，谁若高声鸣叫，便会瞬间石化。

玩捉迷藏的小孩子们全然不管这些，只是听着慢慢靠近又犹豫着走开的脚步声，心惊肉跳中免不了一阵欣喜，感谢今晚朦胧的月光做了最好的纱帐。

藏好了吗？每次，闭着眼睛的阿秀都这样朝我和大芹高喊。

还没有！我和大芹在各自的角落里回答，并在喊完后，迅速地朝另外一个漆黑的角落里跑去。跑的时候当然是屏气凝神、蹑手蹑脚地，脚后跟都不敢落地，怕暴露了自己的行踪，被阿秀抓个正着。

慌乱中，我也不知进了谁家的门，只见院子里空旷寂寞，连一棵树也没有。抬头看见月亮悬在上空，我和影子便

月亮

犹如在舞台上,只听着锣鼓全都敲了起来,我却有连妆容也没有化好的紧张。想要躲起来,却来不及了,我听见阿秀猫一样自院墙外步步逼近,她的脚步声,在我的耳畔慢慢放大,放大,直至充斥了我的身体。就在那一刻,我嗖一下钻进了右手边的偏房里。

那是一间废弃的偏房。我甚至被自己双脚溅起的尘灰给呛得轻咳了两声,但很快我便压制住了一切声响,躲在一个大瓮后面,借着一抹自虚掩的门缝中透进的月光,观察着被蜘蛛网星罗棋布占据了的偏房。砖铺的地面早已破损,我脚下的砖就陷进去一块,于是我的脚便很不舒服地斜插在里面。窗户上的纱窗也已经锈掉了,蚊子自外面嗡嗡地钻进来。原本它们还饥肠辘辘地横趴在上面,待我闪进来,便瞬间唤醒了它们的食欲,于是一起疯狂地朝我飞来。可怜我被咬了十几个大包,它们还不肯罢休。间或,也有跳蚤从大瓮后面蹦出来,隔着衣服就恶狠狠地一口咬下去。

那时,阿秀已经走进了庭院,她的脚步声在靠近堂屋的门口停了下来。我在阿秀短暂的沉默中,忽然想,这家人究竟去了哪儿呢?怎么会懒惰到将偏房给废弃了?月光蒙蔽了一切,让处于紧张之中的我,一时间有些恍惚,忘了这是谁家的庭院。

很快,阿秀朝偏房走了过来。我缩成了一团,但依然嫌弃自己身板太大,恨不能躲到蚊子跳蚤的腹中去。就在我费尽心机地想要将自己变得更小一些的时候，我忽然间听到阿秀一声尖叫，然后跌跌撞撞地跑出了庭院，并将锈迹斑斑的铁门给撞出一声巨响。

我听出阿秀快要哭出来了，心里不免有些得意。然后院墙外又传来大芹的问询声。我打算再待上一会儿，等到阿秀和大芹高喊让我出去的时候，才迈着胜利的步伐，出现在她们面前。我在阿秀和大芹叽里咕噜的私语声中，无聊地朝房顶上看去。月光又从破旧的窗棂中透了进来，昏黄的月光下，我看到粗笨的横梁上，有一根打了一个结的麻绳，诡异地挂在上面。我皱着眉头想，那根绳子是用来做什么的呢？很显然，这间低矮的偏房，并不是用来住人的，而那截绳子，也并没有被多少的灰尘覆盖，似乎被谁无意中甩了上去，却又忘了用它来做些什么。一阵风从门缝里吹进来，门吱呀动了一下，好像有个隐形的人，闪进偏房。我紧张起来，有些想要尿尿，却又怕输给了阿秀，便拼命憋着。

就在我憋得快要爆炸的时候，我听到墙根下发出大芹惊恐的尖叫：她会不会被玉英的鬼魂给带走了？！

我的脑子嗡的一声，眼睛再一次朝那截松松垮垮吊着的绳子看去。我看到绳子竟然在月光里飘荡起来，恍惚中，它还朝我飞来，似乎想要将我的脑袋紧紧地套住，再冷冷地吊起。我不敢再想下去，"啊"一声大叫着冲出了偏房。

我想我大约疯了，不管守在巷子里的阿秀和大芹怎么拦截我都无济于事。我的裤腿被自己的尿浸得凉飕飕的,但我顾不了那么多,我只是疯狂地在月亮底下跑啊跑,跑得鞋底都快要断了。一路上还碰到王战的小脚奶奶,坐在巷口的凉席上,给小孙子念着歌谣:

　　月姥娘,两半子,开开后门剁馅子。

　　谁来了? 大舅子,带着两眼眵目糊。

　　擦擦吧? 不擦,滚你娘的个脊梁骨。

　　王战照例又扯着粗大的嗓门,嘎嘎笑起来。见我飞奔过他时,不知为什么,他笑得更厉害起来。就连他的奶奶也停住了歌谣,瓮声瓮气地数落我:好大一个闺女,跑得一点儿样儿也没有,瞧那大脚板,搁在旧时候,都嫁不出去。

　　好在月亮遮住了我红得跟猴子屁股似的脸,否则我真想在周围人的哄堂大笑中,一头扎进地下,再也不回到人间。如果没有玉英的鬼魂跟着,或许我也会停下来,冲着王战奶奶窄小尖酸的脸盘,回敬她一句:"老太婆,太婆佬!"可是我停不下来,就连月亮也在我的头顶上,长了翅膀一样飞快地跑着。我不敢回头,好像我的影子是玉英的鬼魂,只消我一扭头,她就猛扑上来,将我的脸皮给撕掉。我不怕疼,血肉模糊也不怕,可是我怕没有脸,每次露天电影院放电影《画皮》,我都要遮住眼睛,不敢看那个没有脸的恶鬼的模样。《画皮》里的恶鬼,每逢吃人的时候,也专挑一个有月亮的夜晚,好像就为了让影子映在纸做的窗户上,它们也要这样选择。可是鬼没有颜面也就罢了，那毕竟是鬼，如果人没有了颜面，在村子里可怎么能够活下去？常常听大人们说，哪个女人因为没了颜面，活不下去了，只能上吊自杀。那么玉英呢？我们小孩子都喜欢的玉英，又为什么一定要自杀呢？她的脸盘，明明那么好看。

想到这样一个问题，我的脚步慢了下来。我不再怕已经死去的玉英，我想起她生前的样子，月亮一样圆润饱满的鹅蛋脸上，永远挂着羞怯温柔的微笑，见了人，也永远都是一副谦卑温顺的模样。这样一个在我们小孩子眼里好看的女人，她怎么就在村人面前弄丢了颜面，变成了鬼呢？

这样想着，抬头看一眼月亮，好像那一个坐在桂花树下，正辛勤劳作的人，成了秀美的玉英。

后来我们再捉迷藏，便避开了玉英的家。她的男人在将家给败坏干净之后就跑了路，独留下老迈的爹娘，守着几亩薄田辛苦过活。说也奇怪，我在白天里能够很清晰地辨认出玉英家低矮的泥墙，和快要坍塌的偏房，偏偏一到夜晚，不管月亮将大地照得如何明亮如昼，我都会在走到附近的时候，忽然间失去了方向。周围的一切，因为笼着薄薄的轻纱，也变得陌生起来，不像是白日里倾颓的破败模样。虫子在墙根轻轻地鸣叫，一棵高大的梨树闪烁着微光，树叶与青梨在晚风吹过时，相互摩擦着发出窸窸窣窣的声响，麻雀不知受了什么惊吓，忽然间集体张开翅膀，呼啦啦飞往另外的人家。风从一个枝头跳跃到另外一个枝头，蹑手蹑脚，并没有弄出太大的声响，倒是走路的人，鞋底发出"突嚓突嚓"的摩擦声，让人一时间听了，有些惊惧。偶尔，也会有老人剧烈的咳嗽声，在万籁俱静中忽然间响起，那是玉英生病的婆婆，在努力地跟上天争着命。

这一切都让玉英家的院子，变得神秘莫测起来。于是在有月亮的夜里，小孩子再玩捉迷藏，大人便一声警告：记住了，别去玉英家，那里有鬼！小孩子听了唯唯诺诺，却又忍不住好奇，跑到院墙下，踩着一摞砖，探头探脑地朝里张望。但月亮下，一切都朦朦胧胧地看不清晰。但也因此，有时候玉英婆婆自牛棚里闪出来，能将小孩子吓得见鬼一般连滚带爬地逃走。

我是被惊吓过的，当然再也不敢在月亮底下经过。于是便和阿秀大芹跑到堆满麦秸垛、玉米垛的场院里玩。那里虽然空旷，却因为有许多撕扯麦秸留下的"洞穴"，而多了可以藏身的地方。场院的边上，曾经住着大抠夫妇，大抠是村里的光棍，四十岁那年，捡了一个比他大十岁的脑子有些糊涂的老女人，便在破旧的房子里成了家；这一住就是二十多年，后来两个人都老得动不了了，大抠就在一个有月亮的夜晚，一把火烧了自家的房子。当然，他和老婆也同房子一起化为灰烬。天亮后，人们发现并赶来救火的时候，房子就剩下一堆焦土。不知是出于震惊,还是惊吓,那片地既没有人用来种粮食,也没有人在麦收的时候轧平了当成扬场的地盘。

于是捉迷藏的时候,我便远离开那一圈废弃的破砖旧瓦,宁肯躲藏到附近的桑树林里去。不过我和阿秀大芹,最喜欢的还是钻麦秸垛。那些大大小小的"洞穴",总让我有一种躲入原始山洞中的隐秘快乐。

我不再怕鬼的故事。大抠夫妇的鬼魂因为烧掉的老宅,早已飘散在田野之中,他们不会像玉英那样,就着月光,回到昔日的住处。但是我开始怕人。那些奇形怪状的洞穴里,常常会有神秘的人影一闪而过。起初,月光昏暗,看不清晰,我以为那是跟我和阿秀、大芹一样玩捉迷藏的。可是,很快我便发现,那是一对贼头贼脑的男女。男人是做豆芽的张秃子,一个光棍;女人则有一张我并不熟识的脸,但我确定那张并不好看的脸,曾经在邻村的某条街巷上一闪而过。

阿秀闭上眼睛之后,我便飞快地朝自己早就看中的麦秸垛旁跑去。那是一座麦收的时候刚刚垒好的新垛,好像刚刚出笼的新鲜的大白馒头,散发着五月麦浪的热烈气息。我早就看中了那里,白天路过的时候,还特地观察了一番,并欣喜地发现不知谁掏挖出了一个可容一两个人出入的洞穴。可是,就在我想要一个猛子扎进去的时候,却看到两条缠绕在一起的白生生的腿在门口晃动着,同时还传来一男一女低低的笑声。女人的笑声像夜里发情的猫,尖尖细细的,不停抓挠着人的耳朵。男人的秃头在月光下特别显眼,我一眼就认出那是张秃子。

我正不知如何是好,张秃子却发现了我,他恶狠狠地瞪我:小孩子在这里干什么?! 快走开!

我在女人骚浪的笑声里,连滚带爬地跑开去。恰好撞见前来寻我的阿秀,我拽起她就朝村口乘凉的人群里跑。快到场院边上的时候,我才停下来,气喘吁吁地小声道:不是鬼,是人……

阿秀鄙夷:人你怕什么?

我被阿秀问住了,是呀,我怕人干什么呢?

可是等我混进乘凉的人群,随便找个席子坐下来的时候,还是没将张秃子和女人躲在麦秸垛里的事情,给大人们说。

那个夏天,村里关于张秃子和邻村女人的流言蜚语,成为月亮底下人们乐此不疲的谈资。就像人们热衷于谈论月光下上吊的玉英一样,人们也被张秃子弄得兴奋聒噪起来。大人们都说,女人要和张秃子私奔了。这话传得越来越真,以至于我真的怀疑张秃子已经从我们村子里消失掉了,因为他都好几天没有出来卖豆芽了。

我忽然间有些嫉妒那个在月光下并不好看的邻村女人,替死去的玉英嫉妒。如果也有一个男人,像张秃子一样,带她离开这个小小的村庄,随便去一个地方,再也不回到这里,那么她是不是就不会被男人打骂,被村人指点,并最终选择自杀?我甚至想,张秃子为什么不喜欢月亮一样好看的玉英呢?他当然配不上她,可是他可以做做好事,带玉英私奔的呀!活着总比死掉的好,玉英一定是想活着的。

没有人知道我为什么会从张秃子的私奔想到可怜的玉英。我想只有月亮知道我的秘密。我多么希望能有一个人,千里迢迢地踩着稀薄的月光赶来我们村庄,什么也不说,只为将玉英从快要坍塌的偏房横梁上救下来,而后再顶着星月将她带走。带去哪里呢?我并不关心。或许哪儿都可以,只要玉英离开总是将她打得鼻青脸肿的男人,只要玉英躲开村里女人的议论与哀叹。

我当然是喜欢玉英的。她蹲在门口的槐树下,将一块闪闪发光的水果糖咬开一半,分给我和阿秀的时候,眼睛里总是有蜜一样流动的甜美的微笑。那微笑融化了我,让我一句话也说不出,让我害羞得红了脸,好像我爱上了一个人。我只觉得笑眯眯说话的玉英,这个从外村嫁过来没有几年的好看的女人,在黄昏的光线里,低下头去帮我整理裤脚的样子,宛若那一刻挂在天边的细细的上弦月。

每个路过她家门口的小孩子,都会被玉英温柔地唤住。她问我们许多的问题。

她轻扬着下巴,温柔道:唱一首歌吧?

小孩子扭捏起来:你先唱,我再唱。

好哇!她依然笑着,并歪头想了片刻,便开口唱了起来:

> 月亮在白莲花般的云朵里穿行,
>
> 晚风吹来一阵阵快乐的歌声。
>
> 我们坐在高高的谷堆旁边,
>
> 听妈妈讲那过去的事情……

玉英的歌声很轻,又很甜,在初夏散发着槐花一样的清香。又像黄昏时远在天边的风,一小缕一小缕地,细细地吹过来,凉凉的。我们于是坐了下来,好像玉英真的成了讲故事的妈妈。不不,她不像我们的妈妈,我和阿秀的妈妈从来都是对我们连吼带骂的,急了还会扭耳朵,撕嘴巴,打耳光。但玉英,好像童话书里飘下来的玉英,她永远都不会这样。

啊,那个傍晚,我真想变成玉英的女儿,听她唱好听的歌,在月亮底下搂着她的脖子乘凉,说悄悄话,跟她分享小小的秘密,趴在她的背上迷迷糊糊地睡去;或者,跟她看弯弯的月亮忽然间落入了水盆,还溅起了细碎的浪花。

我还要和她一起在院子里洗月亮,一直洗,一直洗,洗到月亮将村庄里所有黑暗的角落,都一一照亮,我们抬起头,冲着洁净的月亮,笑啊笑。

可是,那个带玉英私奔的男人,始终没有来。

而我,也从未在某个夜晚,跟温柔的玉英洗过月亮。

月亮高高地挂在天上,注视着人间,不发一言。

河 流

一条河,要走多远,才能抵达一个遥远的村庄呢?会像一个人的一生那样长吗?或者像一株树,历经成百上千年,依然向着它未能抵达的天空茂密地生长。再或是从大地的深处,从某个神秘的山谷里,流溢而出,又穿越无数个村庄,途经无数的森林,才成了某一个村庄里的某一条河流。也或许,一条河与一个村庄,是上天注定的爱人,它们未曾相见,却早已相恋,于是便用尽了平生的力气,去完成这一场浪漫的相遇。

而不知来自何处的沙河,就是这样爱上我们村庄的吧?没有人知道沙河来自何处,又流向哪里。村庄里最年长的人,也只能模糊地说出沙河所流经的村庄,除了我们的孟庄,还有邻近的张庄、李庄,或者王庄。这些村庄的名字,如此平淡、质朴,如果我可以飞到天空上去,俯视这一片被沙河穿行过的大地,一定会看到那些大大小小的村庄,有着几乎千篇一律的容貌,它们被一块一块整齐划一的农田安静地包裹着，像是一只只蹲在地上悠闲吃草的黄牛，那一栋栋紧靠在一起的房子里，有炊烟袅袅地升起，是这些有着浓郁烟火气息的炊烟，让大地上面目模糊的村庄，变得灵动起来，不仅有了生机，还有了温度和一抹让人眷恋的柔情。而那条从未知的远方浩荡而至的河流，或许在每一个村庄，都有一个不同的名字，人们将它流经的那一段，当成自己村庄的一个部分，至于这一条河流在另外的一些村庄，或者旷野和荒原上，有怎样的故事，又历经怎样的曲折，都无关紧要，在时间的汪洋中，它们最终化为人们口中的传奇。

就像环绕着我们村庄的沙河，只是因为河底的沙子太多，冬天断流后会裸露出全是黄沙的河床，便被扛着锄头经过的某个老人，很自然地称之为沙河。夏日的傍晚，躺在席子上仰望浩渺星空的孩子，会好奇地追问与银河一样神秘的河流的传说。摇着蒲扇倾听虫鸣的老人，总会顺口扯一段关于沙河的故事。在那些闪烁着迷幻光泽的讲述里，每年暴雨如注的七月，沙河都会有妖怪在雷雨夜腾空而起，张开猩红的大嘴，等待着某一个河边走路的行踪诡异的男人或者女人，不等他们发出一声划破村庄的尖叫，便将其瞬间吞进腹中，并在一阵弥漫起的黑色烟雾中消失不见。清晨醒来，人们只在河边草丛里，发现一双凌乱摆放的鞋子，那鞋子也带着仓皇失措的表情，东一只西一只地，做出曾经试图带着主人逃离深夜恐怖现场的努力。而在依然朝着远方动荡流淌的沙河中,总会有蛛丝马迹,比如一丝布条,一绺头发,或者一块头巾, 在此后的某一天, 忽然间出现在人们的视线中,让这一则关于河妖的传说,变得更为枝蔓芜杂、曲折,并最终成为村史中的"天方夜谭"。

至于那些河床上永不枯竭的黄沙,在老人们的讲述中,也自有一股缥缈仙气。传说沙河边住着一位勤劳善良但却家境贫穷的年轻人,日日靠卖茶为生。一日有仙风道骨老人路过,品茶后指点年轻人说,每年七月十五日月圆之夜,桥下石板旁,就会有一小洞,过滤出金子,但每次只能取一年所用,切不可贪心。年轻人谨记教诲,一连取了十年,并用这些钱娶妻生子,过上殷实生活。但某一天,年轻人突发奇想,若能一次取够十年所用,就无须如此费事,也不用辛苦再开茶馆。于是在这一年的七月十五日,年轻人又趁夜深人静,前来淘金,就在他兴奋地将金子装了又装,周围忽然起了滔天大浪,将他连同手中的麻袋一起席卷进去。而那个盛放金子的洞口,也随即消失不见。也就在当年的冬天,裸露出的河床上,遍地都是黄沙,它们犹如闪烁的金子,提醒着村人,这里曾经发生过一场与贪欲搏斗的战争。这一个惊心动魄的故事,总是在摇着蒲扇的老人们,教化似的叹息中结束:人啊,见好就收,可不能贪心哪!

可是无数个飘着炊烟的日子,村庄里的人们,并不会记得那个被贪欲葬送在沙河里的年轻人。生老病死，悲欢离合，日日在沙河的两岸上演。从沙河对岸的村庄里，嫁过来的女人们，常常定期地发作她们内心对于生活永不枯竭的欲望。不过是隔着一条不太宽阔的沙河，站在自家的平房上，甚至能够看到娘家屋檐上停落的两只鸽子，或者一排飘摇的茅草。黄昏，暮色四合，还有女人沿街呼唤孩子回家吃饭，那孩子或许就是本家的侄子，出嫁的时候还曾给她抱过鸡的；她还记得他怀里的公鸡很是不安，又受了惊吓，着急中拉下一泡热气腾腾的鸡屎。但对于女人，沙河依然像银河一样，将她与做女儿时的幸福时光，给面无表情地切割开来。除非逢年过节，因为忙碌自家的琐碎与生计，村里的女人们很少会跨过河去，到娘家去空手走上一圈。回娘家，那意味着需要郑重其事地提一书包不显寒酸的礼物和一箩筐准备好的漂亮话，才能跨进家门的。否则，那将会给以后的交往，带来揪扯不清的烦恼。那些烦恼像盖了多年的棉被，里子上起了毛球，在冬天的夜里，摩擦着粗糙的肌肤，让人辗转反侧，无法入眠。

母亲过沙河的次数，却是比别人要多一些。她所嫁的男人，也就是我的父亲，生性暴躁，两人常常一言不合，便争吵起来。更多的时候，父亲会抄起手头所有能够触及的家伙，比如棍子、笤帚、茶杯、碗筷、镰刀，跟母亲真刀实枪地打起来。直到院子里狼藉一片，水缸砸出了大洞，水流满了天井，

河流

碗和茶杯的碎片四处飞溅,进来看热闹的村人,要小心翼翼
地躲开那些残片,才能不被扎伤。

被很多人围观后丢了颜面的母亲,之后又被父亲冷战
半月的母亲,她能去哪里倾诉这所有生活中的烦恼与哀伤
呢?她只能穿过沙河,去邻村寻找自己的姐姐。那里是她的
娘家,尽管她在十七岁那年,就已经失去了娘亲。我从未见
过姥姥,她在我的心里,始终是模糊的一团,即便是想象,也
完全没有轮廓,是一片大雾遮住了深山一样的缥缈。但对于
母亲,没有了娘亲的村庄,因为有姐姐在,似乎依然残存着
一丝的温暖和寄托。

于是每一次与父亲冷战中的母亲,都会红着眼圈,趁着
父亲午休的时间,拉起我,悄无声息地走出家门,走向那条
正在午后的阳光下安静闪烁的沙河。

沙河里的水,在夏日的风里哗啦哗啦地流淌。如果闭上
眼睛,会以为那是风吹过树林发出的响声。正午,河的两岸
静悄悄的,一个人也没有。就连知了也暂时停止了鸣叫,躲
到树叶里小憩。对岸有一只老狗,蹲踞在高处的土坡上,不
声不响地俯视着河水缓慢向前。河的中央,有一两片被虫子
啃噬得千疮百孔的梧桐树叶,正打着旋儿,时而亲密地缠绕
在一起,时而被冲刷到两岸,并被丛生的杂草拦住,无法浮
动。鱼儿在清澈的河底欢畅地游来游去,它们从不会像落叶
一样漂向远方,它们贪恋这一方水土,好像这里是它们永久

的家园。一条鱼有没有故乡呢?它们某一天跟着喜欢的恋人离去,生儿育女,繁衍新的家族,还会不会再回到这一片澄澈的水域,并想起曾经有一个红着眼圈的妇人,牵着小女儿的手,蹚过清凉的河水,与它们擦肩而过?

鱼或许早已忘记,但我却记得与母亲牵手蹚过河水时,河水里晃动的影子。影子在阳光的照射下,闪烁着炫目的光。脚下的沙子软软的,将我的双脚不停地吸进去,吸进去,似乎河床上有一张巨大的嘴,要将我和母亲吞噬。恍惚中,我手里晃晃悠悠的凉鞋,忽然掉落河中,并被瞬间湍急起来的河水,载着向前快速漂去。

娘,我的鞋子!我尖叫起来。

母亲立刻撒开我的手,在河里紧跟着鞋子跑。河水溅湿了母亲卷起的裤腿,连她衬衫的下摆,也沾上了飞旋起的沙子。浪花驱散受惊的群鱼,就连水草也惊慌地向着两岸漂去。可是那只孤独的鞋子,终于还是没有停下来等一等母亲,只不过片刻,它便被带去很远的地方,直到最后,我和母亲都失神地站在河里,注视着它变成小小的一个黑点,并最终从我们的视线中消失。

我小声地哭了起来,好像受了莫大的委屈。我看见母亲的眼泪也跟着流了下来。而且那泪水无休无止,似乎她的眼睛里也有一条河流,浩浩荡荡,无边无沿,永不枯竭。母亲的哭泣是沉默无声的。沙河两岸的田野里了无人烟没有人注意到我们的悲伤,除了沙河。它将我们的影子,用不息流淌的河水包裹起来,就像千万年前被永恒包裹住的一粒琥珀。在这巨大的静寂中,我似乎听见大地深沉的呼吸,自地心的深处传来。我在这样的呼吸中,忽然停止了哭泣。

娘,我们走吧。我擦掉眼泪,安慰母亲。

母亲缓缓地收回视线,用被河水溅湿的衣角,擦拭了一下眼睛,而后重新牵起我的手,一步一步地朝对岸走去。

我的双脚,踩在软软的沙石堆积的河底,第一次觉出被硌到的疼痛。

上岸后,母亲将脚底的沙子擦去,穿上鞋子,又蹲下身去,将后背朝向我。我看一眼依然在不息流淌的河水,那里早已不见了鞋子的踪影。也许,它已经被吸进了泥沙中去,只能等到某一天,沙河断流,现出干涸的河床,大风一日日吹过,卷起漫天的黄沙,并最终将那只已经腐烂的凉鞋吹出。只是现在,我的一只鞋子,它以河水一样决绝的态度离开了我,且不知去向。我只能惆怅地回望一眼静寂空荡的河面,而后伏在母亲的后背上,听着流水的声音,越来越远,直到最后,我们穿过一条公路,走向通过邻村的大道,将沙河彻底地落在了身后。

母亲背着我,穿过四五条曲折的小巷,途经两三条被日头晒得无精打采的老狗,又绕过几头当街横卧并啪嗒啪嗒拉屎的黄牛，跟一两个神情多疑的女人打过招呼，接受完她们好奇的盘问，这才在一个有着高大阔气门楼的庭院前停下。

娘，我要下来。我环顾四周，小声地对母亲说。

母亲蹲下身去，将我放下。我的脚踩到一块凉凉的东西，我抬起右脚，看到下面是一小块玻璃碎片。母亲也看到了，吓了一跳，立刻俯身捡起，丢进旁边的石子堆里去。我于是一只脚站在地上，一只脚踩在门槛上，整个身体则倚靠在墙壁上，而后探头朝庭院里看去。

庭院里静悄悄的，只有一群鸡在埋头啄食，也或许它们是在啄食着沙子。一头猪从某个角落里发出轻微的哼哼，两三只麻雀站在核桃树上，像我和母亲一样探头探脑地张望着什么。细细的风吹过，门口的一堆玉米秸发出窸窸窣窣的声响。一个老太太站在不远处的麦场里，疑神疑鬼地朝我们看过来。

我觉得那一刻，我和母亲很像要饭的，不知道该不该叫醒或许正在沉睡的庭院里的主人。空手而来的母亲，终没有像过年时走亲戚那样，将一提包的礼品喜气洋洋地抱在怀里，昂首挺胸地一脚跨进门槛，并用尽可能大的动静，提醒房间里的主人，出门迎接客人的到来。

是的，我们什么也没有带。甚至我的手里，还提着一只破旧的鞋子，又很失礼节地光脚站在人家的门口，并因为口渴,不停地没有出息地舔着嘴唇。而背着我走了一路的母亲呢,则满脸的汗水,她的裤脚已经干了,但河里的泥沙依然残留在上面,而左边的裤管,还卷在膝盖处,忘了放下。

我忽然想要回家。我觉得家里尽管有板着脸的父亲,可是,那里毕竟是我们的家。只要再小心翼翼地熬过几日,等着父亲绽开了笑颜,忘了争吵的烦恼,生活又重新恢复到昔日的平静,我们的家,依然有让人眷恋的温情。

于是我又朝母亲低低地恳求:娘,我想……回家……

母亲低头看我一眼,没有说话,但我却敏感地瞥见了她的眼睛里,闪过的一丝不安。我想母亲一定也想回家了吧,否则她不会站在姨妈家的门楼底下,迟迟不肯敲门,或者喊叫。想到这些,我便大胆地拽了拽母亲的衣角,那里潮乎乎的,还有着河水的腥味。那腥味提醒着我,沙河里曾经发生的一切,也提醒着我,即将有可能发生的一切。

就在母亲被我摇晃得有些心烦的时候,堂屋的纱门吱呀一声打开。我看到人高马大的姨妈,摇摇晃晃地朝我们走过来。我忽然间有些怕,像一只老鼠,嗖地躲到母亲的身后去,又露出半张脸来,窥视着明显带着一丝烦厌的姨妈。

今儿太阳从西边出来了,什么风把你们娘儿俩给吹来了?姨妈说话的时候,唾沫星子喷到了我的右脸颊上。

我擦了擦脸,抬头看母亲的脸色。她的眼圈又红了一些,但她忍住了,没有掉下眼泪来。而是拉着我跨过门槛,边走边红着脸说:也没什么事儿,就过来坐坐。

母亲始终没有抬起的头,和我提在手里的一只鞋子,以及光着的脚丫,让姨妈不屑地"哼"了一声,直接戳穿了母亲的谎言:又闹乱子了吧?天天不好好过日子,闹来闹去,也不知道有什么好闹的!

母亲低着头,看着姨妈气咻咻地转身进了堂屋。我牵着母亲的手,紧张地斜觑着她,想要从她的视线中,捕捉到下一刻我们将转身还是跟着姨妈走进堂屋的指令。可是那一刻的母亲,也变成了一个手足无措、不知进退的孩子。她的手甚至还轻微地颤抖起来,像沙河里一片漂泊的树叶,她急需抓住一些什么,否则一个大浪打过来,她会像我的鞋子一样,卷入神秘的黑洞或者陷入淤积的泥沙,永久地消失掉。最后,她一把将我揽进了怀里,咬了咬下唇,流下一行眼泪。

那泪水落在了我的脖颈上,温热的,湿漉漉的,又顺着脖颈倏然下滑,最后在我胸前的某个位置,慢慢止住。

姨妈在堂屋里转过身,看着梧桐树荫下的我和母亲,半天才嚷出一句:我说你们要哭也进来哭啊,站在院子里哭,不怕人家看了笑话啊?!

在姨妈啪啪摆放茶杯的响声里,母亲终于擦掉眼泪,拉起我,小心地绕过两泡鸡屎,迈进了堂屋。

堂屋里有些暗,我的眼睛一时间无法适应,便有些花,于是面前闪现出奇幻的星星点点,红的绿的蓝的紫的黑的,杂糅在一起,朝黑黢黢的房梁上飞旋。母亲已经将我摁在椅子上了,我还被裹挟在这团五光十色的飞升的彩球中,抽离不出。

二闺女怎么连鞋都给走丢了一只?姨妈一边嘘嘘地倒着一杯热茶,一边盯着我的双脚道。

过沙河的时候,被水冲走了。母亲扶着茶杯,小声回复。

看你们娘儿俩,还能做什么!连双龟孙的鞋都抓不住!姨妈腾地起身,走向里屋去。椅子在她的身后,哐当一声倒在地上。

我听见里屋里传出翻箱倒柜的声音,鞋子在砰砰地碰撞着橱柜,老式的柜门则发出吱吱呀呀的响声。还有什么东西被姨妈气呼呼地扔到墙角,又反弹回来,发出一声钝响。

我有些不安,好像那反弹回来的器物,会穿越墙壁,击中我的脑门。我下意识地朝母亲身边靠了靠,最后,我的眼光落在面前的一盘桃酥上。那是一盘有着精致印花的桃酥,其上的花朵比沙河边任何怒放的野花都更繁茂,更芬芳,更娇艳。而桃酥散发出的甜蜜的香气,则让黑洞洞的房间忽然间明亮起来。那些闪烁的星星,慢慢消失掉,房间里的一切,变得清晰,好像沙河里的水纹退去,重现河底干净的石块、沙子、游鱼。

我很想用手指蘸一下桃酥上的碎屑,而后再放在唇上,用力地嗅一嗅这奇异的弥漫了整个房间的香味。可是那盘金贵的桃酥，并不属于我。姨妈甚至都没有舍得"虚让"我吃上一块。我猜测它们是每个月都可以领到工资的姨父专门从镇上买来，给两个正读书的姨哥吃的。当然，因为一连为家族生了两个儿子，姨妈也会有份儿。而我和母亲，这两个不速之客，除了很没出息地闻一闻那诱人的香味，是根本没有资格去品尝的。

　　我完全忘记了姨妈翻箱倒柜的声音，一心一意地注视着那块最上面的饱满的桃酥。一只苍蝇飞过来，嗡嗡嗡地叫着。它也被桃酥甜香的味道吸引住了，探头探脑地凑过来，并想要一头扎下去，吃上一口。母亲显然也注意到了这只苍蝇，放下茶杯，朝着半空用力挥了挥手。她还试图抓住那只苍蝇，可是却一次次只抓了满手的空气。最后，她放弃了这样的努力，跟我一起迷茫地注视着这只始终不肯离去的苍蝇，怎样在头顶不停地飞旋，直到那叫声将我们弄得头晕，而姨妈也撩开帘子，提着一双男孩的黑色凉鞋，走了出来。

　　我和母亲几乎同时正襟危坐起来，似乎面前那只依然猖狂的苍蝇和让人心神不定的桃酥并不存在。姨妈将那双黑色的凉鞋，啪一声丢在我的面前，而后拍打拍打手上的尘灰，说道：走的时候穿上这双你姨哥的旧鞋子吧，光着脚从我们家出门，人见了会笑话我。

　　母亲弯下身去，捡起鞋子，吹了吹上面的浮灰，而后很认真地帮我穿上,又摸了摸鞋面,温柔地问我,挤不挤脚?我瞅着那双难看到让我有些难过的鞋子,嘴里勉强嘟囔出一句:不挤。母亲于是笑着直起身来,对姨妈说:正好,回去总算不用背着她了。

姨妈重新坐在我们对面,沉默了片刻,找不到话说。但她却尖锐地捕捉到了我落在桃酥上的发亮的视线,于是便尴尬地咳嗽两声,并将盘子朝我推过来一些,努努嘴道:吃一块吧。我听出姨妈语气里的虚空,便看一眼母亲,她的脸上,依然游移着一丝的客气、胆怯和茫然,好像她还未从一个寻求姐姐帮助的小女孩的状态切换过来。我的右手在腿上慢慢地移动,很想伸出去,立刻抓住那块太阳一样光芒四射的桃酥,放进嘴里,细细地品味它弥漫了整个房间的味道。可是,我又怕姨妈的脸色会在我碰到桃酥的时候猛地沉下去,连带地将房间里的光线,也给带暗了大半。

于是我犹豫着,右手挪到膝盖上,又探出一截,却始终没有朝着盘子再延伸过去。倒是那只讨厌的苍蝇,得意扬扬地落了盘子边上。就在它大胆地用绿色的脑袋碰到桃酥的时候,姨妈捡起脚边的苍蝇拍子,照准了那震动的翅膀,啪地打了下去。

我和母亲都被吓了一跳。我的右手也不由自主地缩了回去,手心一阵阵发麻,好像那拍子打在了我的手上。

奶奶的,馋嘴头子一个,念着这点桃酥多久了! 姨妈气咻咻地骂了一句。

我仔细地瞅了一眼盘子，发现那里并没有苍蝇的尸体，也便放下心来，好像那只可怜的苍蝇，替我逃掉了惩罚。

姨妈啪地将苍蝇拍丢在地上，又探过身来，将最上面的桃酥掰下一半，并将苍蝇碰触过的那一边，递给了我。

喏，吃吧，看你们娘儿俩满头的大汗，走这一路，连口水也没喝上吧。姨妈又顺手将茶杯推到我们面前。

我想告诉姨妈，我们喝到水了，在沙河里。沙河里的水特别清，特别凉，一点儿灰尘也没有，而且甜甜的，好像放了白糖。我俯身喝水的时候，还捧起了一尾红色的小鱼，它在我的掌心里欢快地跳舞，我看它跳累了，才将它重新放回到河里去。它朝我摇摇尾巴，恋恋不舍地潜入一片水草里去，消失不见。母亲弯腰的时候，我还看到她柔软的乳房，晃来晃去，我很想像小时候那样，掀起母亲的衣服，一口叼住她的乳头，沉迷进她温热的气息里。我们育红班的李二柱，比我大一岁，每天回家还找娘吃奶呢。还有，我们还在沙河里看到了自己的影子，除了母亲的眼睛有些红肿，她依然年轻好看。母亲对着流动的镜子，抿了抿头发，又洗了把脸，还帮我把耳朵根后的灰用力地搓了又搓。

可是这些胡思乱想，我最终还是跟桃酥一起，咽进了肚子里。桃酥的渣子，扑簌簌地落在了我的腿上。母亲小声地提醒我，用手接着点，并将我腿上的碎渣，拂到地上去。很快,那里就聚集了几只蚂蚁,兴高采烈地享用着美味的午后点心,有两只还拖着一块,小心翼翼地朝墙角走去。那里簇拥着一小堆细碎的泥土,一只蚂蚁从里面爬出来,士兵一样四面张望着。

我被那几只蚂蚁吸引了去,忘了姨妈,还有姨妈的脸色,也不再关心她跟母亲聊些什么。我只一心一意地吃着桃酥,并故意地将更多一些的碎渣掉在地上,与蚂蚁们分享。我甚至想念那只可能被打折了一条腿的苍蝇,想着如果它也在,就可以在地上跳跃着,大快朵颐。

就在我的那一小半桃酥,终于被我小口小口吃完的时候,我听见母亲说:丫头,我们走了。我将视线从地上移到姨妈脸上,一时间有些恍惚。姨妈的脸好像瘦了一圈,不知道是说话多了太累,还是焦虑即将到来的晚饭,要不要给我们准备。落在纱窗上的阳光,向下移动了一些,似乎阳光也累了倦了,想要撤退回深山里去。我忽然想起沙河里那只顺水漂走的鞋子,不知道是不是也累了,逆水回到了原处。这样想着,我就站起身来,牵着母亲的手,又摇晃着她,示意她,我们可以一起回家了。

姨妈又絮叨起来:不留在这里吃饭了?

母亲微微笑着:不了,天也晚了。

那也好,早点回去,还赶得上做饭。姨妈快走一步,过去推门。我走了一步,想起盘子里剩下的桃酥,便忍不住回头看了一眼。姨妈站在门口,一手推着纱门,一手卡在腰上。她捕捉到了我眼睛里对桃酥的贪恋,于是哐当一声放开纱门,找了一张姨父看过的旧报纸,将剩下的几块桃酥,包了进去。

可是母亲却拉起我的手,飞快地走出了门。她一边大踏步地向前,一边头也不回地喊:不用了,留着给她两个姨哥吃吧!

我们很快跨过门槛,沿着一排高大的杨树,走出了一百多米,才停下来,朝倚在大门口的姨妈,挥了挥手。姨妈一手托着报纸里的桃酥,一手慵懒地抬起,挥挥手说:快点回家吧。

我和母亲,再也没有回头。我们一口气走出了邻村,一直走到听见沙河里的水,哗啦哗啦流淌的声音,才站住了,回头看一眼夕阳中的村庄。那里已经有牛哞哞的叫声,在大道上此起彼伏地响起。炊烟从每一个屋檐的瓦片上慢慢地飘出,它们并不关心屋檐下的人,是在争吵,还是恩爱。它们只向着天空,无限地飘荡。就像沙河里的水,也不关心我和母亲,在这个午后经历了怎样的悲伤,它们只永不停歇地向着远方,哗哗地流淌。

整个黄昏的晚霞,都落进了河里。于是河水便红得似火,好像正在燃烧着的天空。我和母亲小心翼翼地蹚水向前,那团五光十色的火,也便在水里跟着震动。于是整条河都动荡起来,似乎有什么隐秘的故事即将发生。一只鹰隼,尖叫着划过被晚霞铺满的天空。一列大雁,排着长队浩荡地穿过村庄。一切声息,都在黄昏中下落,沉淀。大地即将被无边的黑色幕布,悄无声息地罩住。

静寂中,沙河的水声从地表的深处,向半空中浮动。那声音越来越大,越来越大,直至最后,风吹过来,整个的村庄里,只听得见一条河流自遥远的天地间奔涌而出,而后沿着广袤的田野,不息地流淌,向前,并掩盖了尘世间所有的悲欢。

河流的两岸,女人找寻孩子回家的呼唤,一声一声,又响起来了。

河流

落　叶

　　秋风一起,树叶便打着旋儿,从高高的枝头,向着苍茫的大地,不停地下落。

　　田野里忙碌的父亲,会抬起头,看一会儿天地间飞舞的落叶。那时的他,不复平日对琐碎生活的急躁与烦乱,只是将下巴抵在锄头上,出神地注视着远方。远方有什么呢,或许有父亲想要追寻的一切,或许什么也没有。但落叶让喜欢读书且依然年轻的父亲,在秋天某一个疲惫的瞬间,成为内心柔软的诗人;让他的精神,脱离了沉重的肉身,犹如一片树叶,在空中自由地飞舞。那是树叶一生中最为绚烂轻盈的时刻,也是父亲三十岁的人生中,最为浪漫恣意的瞬间。

　　连根娘也会失神。秋天,她是这个村庄里最为闲散的人。在我们小孩子都要被撵去搂树叶的时候,她却有闲情逸致,绕着村庄无所事事地游走。她会盯着一片悠然下落的树叶,仰头看上许久,直到树叶飞得累了,啪嗒一声,落入长满荒草的沟渠。人们都在争分夺秒地点种麦子,晾晒粮食,无人会关心一个傻子做些什么。她游荡到哪儿,见过什么,又想些什么,跟眼前的事情相比,不过是一片终将化为尘埃的落叶罢了。

谁也不知道连根娘从哪儿来。村里人只记得某一年的秋天,她蜷缩在连根家门口的柴火堆里,怯生生地注视着正要出门锄地的连根爹。连根爹那时已经三十多岁了,还是一个光棍。他将连根娘带回了家,给她吃的喝的,并跟她接连生下了连根兄妹。完成了传宗接代任务的连根娘,自此便不再被连根爹严密看管;她可以自由地在村里游荡,像一只蚂蚁,或者飞虫。

女人们见了她,会笑嘻嘻地看她一会儿,并逗引她:连根爹在家里打你不?

她斜睨女人一眼,不说话,只笼着袖子,低头继续向前。她的脚下,正扑扑嗒嗒地,踢着一片杨树叶子。那叶子上满是斑点,像她脸上的雀斑。

男人们也会拿她打趣:嗨,傻子,你娘家在哪儿?

这次连根娘反倒认真起来,努力地想了一会儿,摇摇头说:不知道。

小孩子也嘻嘻哈哈地凑过来,朝她身上扔着石子。她胆怯地抬起胳膊,抵挡着石子的袭击。直到连根不知从哪里忽然蹦出来,将那群孩子赶走,并狠命地拽着她朝家里走。

母亲站在地里,看着远去的连根娘叹气:连根这么聪明好学的孩子,偏偏娘是个傻子。

父亲到底读过书,一边撒种一边冷脸道:再怎么傻,也生了他!就跟树叶再怎么高高在上,一到秋天,也还是得落回泥里去,一个理!

母亲一字不识,她听懂了第一句,却对第二句有些困惑。于是她白了一眼父亲,嘟囔道:这是哪儿跟哪儿?

父亲没有回她,只抬起头,看着远处的树林出神。那里正有大片大片的梧桐树叶,不停地下落。黄昏即将抵达,雾气从草尖上慢慢浮起,而后化作一条柔软的丝带,轻轻地环住整个村庄。人从天际中走来,犹如在仙境中浮现。一切都在梦幻之中。

记忆中的那个秋天,漫长无边。父母一直都在地里劳作。玉米、花生、大豆、棉花、地瓜、土豆,总也忙碌不完。我真恨不得能有秋风卷落叶般的法力,帮父母将粮食全部运送回家。可是除了每天跟着姐姐搂树叶,我什么也做不了。

即便是搂树叶,我也被姐姐鄙夷。她并不喜欢带着我,她觉得我跟猫狗一样碍事。我夹着两条尼龙袋子,悄无声息地跟在姐姐身后。姐姐又长高了一些,于是她扛着竹耙的背影,也更好看了一些。她那乌黑油亮的辫子,在我眼前晃来晃去的,让我有些晕眩。不过如果她回头白我一眼,或者骂我两句,我会更清醒一些,意识到自己在姐姐眼里,其实连做跟屁虫的资格都没有。村里游手好闲的长河，站在路边上，流里流气地赞一句：莉莉真勤快！也会收到姐姐的白眼。不过那白眼在我看来，有些娇羞，也有些暧昧。反正长河因此更加的兴奋起来，仗着大道上没有人，便朝姐姐大声歌唱：妹妹你大胆地往前走啊，往前走，莫回呀头！姐姐果真没有回头，她加快了步伐，很快便将我和长河，远远地甩在了后边。

我于是便恨长河。听见他的口哨在日渐萧条的大道上，追逐着落叶，回旋往复，便觉得厌烦，忍不住回头朝他吐一口唾沫。长河却对我连眼皮也懒得抬一下。他完全沉浸在自己悠扬的口哨声里了。

大道两旁的沟渠里，早已经有了一堆一堆的落叶。那些堆并不太大，是人专门用来占地盘的。于是我和姐姐便只能沿着大道朝前不停地走啊走，一直走到少有人去的北坡的苹果园旁。

果园里已经空空荡荡了，连地上的花生也给刨得一干二净。我蹲下身去，能够从果园的这头，一眼看到那头。可是就在枝繁叶茂的夏天，我去偷人家的苹果，却跑了好久，也没有跑出这片果园。

姐姐走下沟渠，便专心搂起了树叶。因为秋收，大地变得开阔起来。远处的田地里，可以看见人们在晾晒着瓜干或者棉花。翻开的泥土里，散发着一股清甜的气息。树梢间看

落叶

不见鸟雀飞翔,它们全都在人家地里,埋头寻找吃食。人们也懒得轰赶它们,因为更多的粮食,等待着运送回家。大地以它全部的热力,在这个秋天,提供给人们丰收的喜悦。当然,也有因此带来的忙碌与紧张。只有无边下落的树叶,能让人们慢下脚步,在越吹越凉的风里,发一会儿呆。

姐姐也会发呆。她搂得累了,就停下来,举起一片叶子,透过上面的缝隙,看向深蓝的天空。那片叶子已经枯萎得只剩下褐色的脉管,像一个风烛残年、青筋暴突的老人。村里的老人这个时候,也在使出最后的力气,帮儿孙们干活。他们拄着拐杖颤颤巍巍走在乡间小路上的样子,总让人担心。当然,除了他们的儿女,没有多少人关注他们的生死。即便是死了,又有什么呢?不过是跟叶子一起埋入泥土里去。村庄里所有的人,都是这样年复一年地历经着生与死。

除了树叶飘落在泥土里,发出的轻微的响声,大地一片寂静。我和姐姐背对着背坐在树根上,姐姐看天,我看地。地上其实也没有什么好看的,不过是两只蚂蚁在争抢一粒玉米的碎屑。一只向北,一只向南,彼此较着劲,谁也不肯放弃,好像谁先放弃,丢的不是一块玉米,而是一片城池。我觉得这跟村里男人女人们打架一样有趣,为了人前的面皮好看,是没什么道理可讲的。我入了迷,丝毫没有觉察到一个影子,正神秘地罩住了我和两只大战的蚂蚁。我以为那只是太阳西斜,将树影挪移到我的脚下。就连抬头看云朵的姐姐,也忘了周围的一切,她甚至轻轻地哼起了歌,歌声淡远、缥缈,像一片树叶,悬挂在云端。就连那两只蚂蚁,也似乎被这歌声打动,竟是放下玉米,各自走开去了。

那影子移动起来,随后是嘿嘿地笑声。我和姐姐几乎同时起身,并发出"啊"的一声大叫。面前笑嘻嘻站着的,是不知从哪儿钻出的连根娘。连根娘我当然是不怕的,我还敢像别的小孩子那样赶她,唾她。于是我就白她一眼,以此表达对她的鄙夷。

姐姐知道跟一个傻子没什么好聊的,就扭头训斥我:别玩了,快装树叶去。我慢腾腾起身,又白一眼连根娘,拿起尼龙袋子,跳下了沟。

但连根娘没有离开,她还饶有兴趣地蹲下身去,笑看着我们。姐姐背对着她,看不见她脸上的笑。我却因此生了气,于是气呼呼地装着树叶,试图用这样的方式,让连根娘意识到自己是多余的,最好远远地走开,不要让我再看到她。

可是连根娘不仅没有离去,反而走下沟来。坡有些陡,她一屁股滑倒在树叶堆里,并坐出一个坑来。

我气急了,冲她大喊:傻子,你要干什么?! 赶紧走!

她爬起来, 怯怯地看我一眼, 而后朝我的袋子伸过手来。我眼尖,立刻打掉她脏兮兮的手,叫道:你还想抢东西!

姐姐回转身,不耐烦地问:怎么了?

我恶人先告状:傻子想抢我的袋子!

连根娘低着头,过了好大一会儿,才吐出一句:我也想装……

我这才知道连根娘原来是想给我帮忙。但我还是厌恶她,不想让她靠近。我还看见她的头发里,有几只虱子正叽里咕噜地滚落下来。于是我又冲她喊:快走开!

姐姐也来劝她:快回家吧,我们不需要你,连根要放学了。

她这次听懂了,费力地爬上沟沿,背对着我们,慢慢地走开去。她的毛衣上,挂满了树叶,树叶随着她的走动,一晃一晃的,好像依然活在热烈的夏天。

我和姐姐谁也没有注意,连根娘是背着村庄的方向离开的。也或许,姐姐注意到了,只是,相比起搂树叶回家烧火做饭来说,一个傻子去往何方,跟我们有什么关系呢?那不过是一个无用的傻子罢了。

秋天,父母争吵的次数,跟地里的粮食一样数不胜数,也像粮食一样,撒得遍地都是。有零落在田野里的,有漏在大道上的,有滚在小巷里的,有胡乱堆砌在院子里的。他们像两只野猫,一言不合,随时开打。精彩是精彩,但这忙碌的当口,并没有多少人前来劝架。每个人都忙得焦头烂额,一对夫妻打架,跟猫狗打架一样,让人觉得碍事,恨不能一脚踹到一边,将地排车上的粮食,飞一样抢运回家。

我和姐姐将两袋子落叶背回家去的时候，父亲正在家里耍疯，于是满院子都是混杂在一起的玉米、棉花和红薯。一个鲜艳的南瓜，正穿越灰扑扑的玻璃，滚进房间里去。

姐姐像一个要饭的，哀哀地站在大门口，犹豫到底踩着满地金黄的玉米走到灶间去，还是扭头去找邻居瘦叔和胖婶，让他们制服正扭打在一起的父亲母亲。我胆子小，嘤嘤哭了起来，并惊恐地后退几步，似乎怕那个南瓜，忽然回转身，砸到我的脑门上来。

胖婶家院子里静悄悄的，一只母鸡拍打着翅膀跳上墙头，兴趣盎然地观看着父母的演出。那只鸡看着看着，还蹲了下去，似乎要将这出戏看完了，才能安心回窝下蛋。一条大黄狗也溜达过来，挤在我和姐姐中间，探头探脑地看着正打得热火朝天的父亲母亲。麻雀们开心坏了，趁机埋头狠啄着院子里的玉米。猪也想凑一把热闹，将肥大的前腿搭在猪圈上，觉得哪些段落有趣，就哼哼两声。除此之外，便是风吹树叶的声音，哗啦哗啦的，像一场雨，于是落叶便在风里纷纷扬扬地飘落下来。这让父母的厮打，看上去颇有武侠电影里的浪漫与孤独。

姐姐听见我的哭声，扭头低低地吼我：别在这里丢人现眼！

我立刻止住了哭泣，抹掉眼泪，低头看着姐姐的脚，到底朝哪个方向前进。

很显然,瘦叔胖婶这两员救兵,是搬不回的。姐姐比我大了三岁,懂得了羞耻,知道家丑还是不要外扬的好。于是她便夹起两个袋子,好像夹着两个坚固的盾牌,悄无声息地沿着墙根,低头朝灶房间走去。

我自然也尾巴一样,跟在姐姐身后,战战兢兢地边走边斜眼觑着明显已经打得疲惫不堪的父亲母亲。在这样一个手忙脚乱的秋收的节骨眼上,我真希望父亲能醉倒在床上,或者昏昏睡去,将粮食暂时地忘记。即便是红薯烂在地里又怎样呢?棉花被秋雨打湿发霉又怎样呢?耽搁几天撒种又怎样呢?人为什么要被秋天马不停蹄地赶着走呢,难道像树叶一样,慢慢地下落,不也是一件美好的事吗?我想不明白,也没有人能够给我答案。我只知道,眼前这满地的玉米,在一场厮杀之后,依然需要尽快地剥完。因为,所有的人家,都是这样做的。就像所有的落叶,也都在秋天里下落,永不停息地下落。

我像一只老鼠,缩在灶房间里。我有些想去撒尿,可又不敢穿越混乱的战场。我于是夹紧了双腿,努力地忍着,不发出一点儿声响。可是,我最终还是没有忍住,一股热流充溢而出,并顺着裤腿,滴滴答答地落在脚下。那里,正有一片新鲜的依然泛着生机的树叶,向我尽情地敞开。我在一小汪热气腾腾的尿液中,照见了自己无法示人的羞耻与悲伤。

在大地被人们扫荡一空之后,村庄里所有的树木,也变得彼此疏离起来。昔日在半空中缠绵簇拥的杨树,一棵一棵,变得远了。它们依然高昂着头,只是不再互相拥抱,而是仰望着天空,陷入孤独的沉思。风一天天向冷里刮,刀子一样,不动声色地割着人的肌肤。而父母之间的冷战,也一直没有停止。父亲脸上的霜,凝结成一张冷硬的皮,每日出来进去的,从未见他扯下过,似乎那皮已经跟他的血肉长在了一起。有那么几次,母亲试图跟他和解,可他却始终与她保持着距离,一副决绝的模样。

没有人知道父亲那时正在酝酿着一场出走。我几次看见他在田地里注视连根娘离去的背影,许久都没有转身。

父亲出走的那天,村子里起了大雾。我早起撒尿,见大门口有一个影子飘来荡去。我吓得魂飞魄散,还没有尿完,就提起裤子跑了回去。房间里静悄悄的,父母应该还没有起床。我怀疑我遇到的是鬼,可是那鬼站在我们家门口,想要做什么呢?它转身离去的时候,甚至还有一丝的犹豫。我缩在被窝里,用一只眼偷窥着窗户。那里只有一片白,永无止境的白。偶尔,会有一两声咳嗽,从雾中传来,但随即安静下去。大雾将每个人都闭锁在家里,除了神秘离去的人。

正午的时候,太阳努力地冲破浓雾,将惨淡的光照射下来。人们这才看清了田庄农舍,和对面走来的人。母亲自起床后,就有些神思恍惚,直到午饭的时候,我和姐姐正呼噜呼噜地吃着面条,母亲才骂将起来。

吃!吃!就知道吃!爹娘死了你们都不知道!

我有些迷糊,母亲明明好好地坐在面前,为什么就死呀活呀地骂了起来?

姐姐到底早熟,放下筷子,抹抹嘴巴,说:娘,我去地里叫爹回来吃饭。

我讪讪地接话:我也去。

母亲没有吱声,但却默许了我和姐姐出门。

雾气慢慢散去,但能够看到的范围,依然很小。我和姐姐一直走到了自家田里,而后失望地发现,那里并没有父亲。我们又不约而同地朝村子里走,并钻进曲折的小巷。我希望在某一户人家的门口,看到父亲笑着走出。可是,父亲既不会打牌,也不爱喝酒,他只喜欢无事的时候,吹吹笛子,或者翻翻《水浒传》。他这样一个差点飞出村庄成为凤凰的人,会跟谁倾诉与母亲冷战的孤独呢?

最后,我们在村庄的尽头,见到了眼睛红肿的母亲。

一个女人拦住她说,你家男人早晨四五点钟,就消失在村口,不知去往哪里。

母亲睁着眼睛,三天三夜都没有睡觉。她快要疯了。可是她又怕丢人,她不会像连根爹那样,逢人便拦住了问,有没有看见连根娘?村里人对连根娘隔三岔五的失踪,已经习以为常。连根爹看在两个孩子的分儿上,尽着义务般的,逢人便问上一句。人们便打着哈哈,随口安慰他:别急,她渴了饿了,自然就回来了,谁会跟自家暖和的狗窝有仇,对不?连根爹也便跟着一笑,扛着锄头走开了。只有连根,总会站在大道上,失神地眺望。有人路过,他便扯开腰带,背转过身,嘘嘘地撒尿。

连根真可怜。我对母亲说。

你们王家人要将我气死了,你也跟连根一样可怜!母亲白着眼说。

可是现在,父亲因为跟她吵架,离家出走了,她却不这样说了。

她将这视为家丑,她对谁也不肯说。她在夜晚睁着眼,将视线刺入无边的黑夜,似乎想要从那泼墨一样的黑里,将消失不见的父亲揪出来,跟他再大战三百天。风在夜里呼呼地刮着,已经有了一些冬天的意思。偶尔,有那么几片硬撑着不肯离开枝头的树叶,在风里撑不下去了,"啪嗒"一声栽倒在窗台上。母亲会在这样的响声里,忽然欠起身,朝窗外看去。可是,窗外除了无尽的黑,什么也没有。

但第一个看见父亲出走的女人,还是将这个消息,传遍了整个村庄。女人们假装前来安慰,絮絮叨叨地揪扯着父母争吵的细节,并背后议论着父亲到底会不会回来。这时的粮食都已经进了大瓮,人们终于可以腾出嘴巴,负责闲言碎语。于是我和姐姐出门，人们总揪着我们不放。

你爹有信了没？他们一脸的同情。

没有。我低声回答，并用力地绞着衣角，好像那里能绞出父亲的消息。

我想起连根背过身撒尿的样子。我也想撒尿。只是我想将尿撒在那些女人的嘴里，将她们长长的舌头冲掉。

让你娘找瞎子算一卦吧！我转身跑开的时候，她们在后面喊。

我跑得很快，却牢牢记住了她们的提醒。

但不等我对母亲说，邻村的瞎子便摸索着上了门。

瞎子很准确地掐算出父亲离开的时辰和原因，并以不容置疑的口气，告诉母亲，父亲会有信的。

具体什么时候?! 母亲急慌慌地追问。

瞎子空茫的眼睛里，挤出一丝淡淡的笑：你不急，他自然就有信了。

我不管母亲怎么想，但我却信了瞎子的话。我想父亲一定很快就有信的，那么我就不会再像连根那样被人可怜。我还想等父亲回来，我要好好听他的话，他如果打我，我再也不跑出门去，我就乖乖地站在那里，让他打几下好了，那样他发了脾气，就不会再离家出走。

我怀着这巨大的喜悦，跑出门去。我恨不能对每一个人说出我心底的快乐。我希望整个村庄的人，包括鸡鸭牛羊和田野里的荒草落叶,都知道父亲就要有信了,或许他正扛着尼龙袋子,匆忙赶回家来。他的袋子里有什么呢,我猜,那不过是一袋落叶,他之所以出门十几天,只不过想去远一些的地方,多搂一些柴火,让我们全家暖和地过冬罢了。

村庄里的落叶,快要落光了,连根娘还没有回来。连根爹不再有耐心问人,他照例早出晚归地干活,可是连根在路上拦住他,追问娘怎么还没有回来,他就当场嘶吼:你娘死了! 快滚回家去!

女人们听了都唏嘘:虽然是傻子,好歹也给他们老郑家生了两个孩子不是?

男人们则满不在乎:嘻,女人么,还不是跟树上的叶子一样,秋天落了旧的,明年一开春,又有新的出来。

女人们立刻发出连根爹一样的嘶吼:快滚回家去吧,别在这里丢人现眼!

男人们终于不吭声了,背着手,沿着被秋风吹得越来越空旷的大道,一步一步踱回家去。

在家躲了很久不肯出门的母亲,对着镜子抿抿头发,又硬挤出一些笑来,挂在脸上,这才拍打着身上的面粉尘灰,走出门去。

女人们见了母亲,打着招呼,热情地凑过脑袋来。她们自有本事,将话题从吃喝拉撒扯到出走的父亲身上。母亲当然也备好了说辞,迎接她们的八卦打探。

听说当家的有信了?女人们眼睛里闪烁着亮光。

是呀,算命瞎子说很快人就来了,一个大活人,还能跑了他?母亲说完,眼圈有些红。

可不,他又不是连根娘,人傻,怎能回不来?女人们失望地接着话把儿。

女人们还想打探更多的细节的,却看见姐姐慌慌张张地跑过来,冲母亲大喊:娘,咱家牛跑到西边苹果园里去了!母亲抹了白白雪花膏的脸,登时变成了紫红色。那片果园是王麻子最宝贝的家产,平日里小孩子去偷个苹果,他都能堵着人家门骂三天三夜,如果牛踩踏了苹果树,王麻子不知道会怎么拼命。尤其,在这样一个树叶几乎全部落光的秋天,牛啃不到苹果,也吃不到树叶,荒草又焚烧干净,除了破坏苹果树,它们还能做些什么呢?

母亲跑得头发乱了,衣服扭了,鞋底差一点儿跟鞋帮分了家,总算跑到了苹果园,见到了我们家正被王麻子追得横冲直撞的老牛。那老牛一直是被父亲使唤着的,其他人很难驯服它。甚至因为年月长久,它还传染了父亲的倔强,若是好脾气对它,倒还温驯;如果强来,它能冲上房顶,踩断大梁。但王麻子不懂它的脾性,一心想着护佑自己家新补种的苹果树苗,于是他手抄起木棍,照着牛屁股就劈下去。牛发了疯似的在果园里飞奔起来,有那么几次,还冲王麻子的肚皮顶过来,直顶得王麻子也跟着嗷嗷疯叫。

我和姐姐完全被吓傻在一边。母亲快要哭出来了,可她还假装镇定地朝王麻子喊:大哥,你别吓它,它脾气倔!

再倔还能倔过你家出走的老王?!

拢着手看热闹的人都笑起来,母亲的眼泪终于哗哗流了出来。她像那些嘻嘻笑着的看客一样,站在那里,什么也不再做,任由王麻子抽打着老牛。好像,王麻子要千刀万剐掉的那头牛,跟我们没有丝毫的关系。

大约,王麻子眼睛里射出的凶狠劲儿,让我们家的牛终于害怕了,在踩坏了几株瘦弱的苹果苗后,它犹豫着开始寻找后路,而王麻子则趁机抓住它的鼻环,制服了它。

王麻子很奇怪地并没有多说什么。大约,他所有的愤恨都对牛发泄完了。也或许,母亲泪眼婆娑的样子,忽然间打动了他,让他意识到一个没有男人的女人,是多么地让人怜悯。于是他挤出围观的人群,将牛的缰绳交给母亲,闷声闷气地吐出一句:以后看好了,别再让它跑了。

人们都觉得无趣,纷纷散开去了。母亲也牵着那头一声不吭的牛,低头向家里走去。我远远地跟在母亲和牛的后面,踢着一块土坷垃,慢慢走了很久。

走到家门口的时候,我被一片梧桐树叶打中了脑门。我抬起头,眯眼看向天空。我看到那棵高高的梧桐树上,只剩下一片叶子,摇摇欲坠地挂在枝头。

父亲一定会在那片树叶落下之前，就有信的吧。我想。

不久后的一天，父亲的信果然来了。我不知道那封信是如何穿越大半个中国，抵达我们这个小小的村庄的。我只记得当村里的会计，举着那封贴有邮票的信，冲母亲大喊的时候，母亲将擀面杖朝地下一扔，便冲出了房门。她还差一点儿被门槛绊倒。我从未见母亲如此兴奋过，好像原本会一生丢失的珍宝，又忽然间回到了身边。

那封信是从武汉寄来的。武汉在哪儿呢，我不清楚。我只记得胖婶家墙上贴的有武汉长江大桥的画，记得母亲曾经对我们说起，那里住着她的一个姑姑。总之那是一个遥远的我从未想过能够抵达的地方，可是父亲却替我们抵达了。他还寄了一张飒爽英姿的照片，就站在长江大桥上。照片上的他，咧嘴笑着，好像他去武汉，只是游山玩水。

随照片一起寄来的，还有一页薄薄的纸，上面龙飞凤舞地写了几百个字。母亲带着一些讨好，将我和姐姐叫到面前，而后温柔地对我们说：给娘读一读这封信。

我和姐姐将脑袋凑到一起，很认真地看那封信。大约过了十几分钟，母亲终于忍不住，问道：看完了吗？

我和姐姐怯生生地对视一眼，没有吱声。

又过了片刻，母亲不耐烦起来，一声令下：快点念！

姐姐磕磕巴巴地开始念信：

桂……香你……好!

侄子……来武汉……多时,一直……未曾……

姐姐憋得眼泪都快要掉下来了,还是没能将接下来的字念出来。母亲拿着鸡毛掸子狠命敲打着桌子:快给我念!

姐姐终于不再充有学问的人,用哭腔结结巴巴地冲母亲说:娘,接下来……的字……都……都不认识……

鸡毛掸子"砰"的一声落在桌沿上,又弹跳起来,坠落在红砖地上。

我他娘的白白供养你们两个上学了! 母亲一边愤怒地骂着我和姐姐,一边捂着半张脸哭起来。她哭得那么动情,声音婉转曲折,忽高忽低,好像她正在一场戏里,好像我和姐姐根本不在她的面前。又好像整个世界,都欠了她什么。

我和姐姐在母亲哭得完全忘我的时候,悄悄溜出了房门。只是我们谁都没有走远。姐姐蹲在大门外的院墙根下,晒着秋天的太阳。而我,则站在门里,抬头看梧桐树上,那最后一片摇摇欲坠的叶子。

黄昏正在临近。阳光将最后的光线,落在那片孤独了很久的树叶上。于是它的周身,便散发出奇异的光泽,好像它将一生的气力,都在那一刻释放出来。那是生命的光环,迷人的,炫目的,斑斓的,婆娑动人的。

而后,一阵大风吹来,那片叶子,终于脱离了一生赖以存活的枝干,向着无尽的天空飞舞。它越飞越高,越飞越远,一直到最后，变成一个小小的点，彻底地从我的视线中消失。

那片飞走的树叶，一定是连根娘的灵魂。我忽然想。

野 草

春天,只落下一场雨,地里的草就长疯了,总也挖不完。

每天早晨,太阳还没出来,父母就戴上草帽,扛起锄头,下地去挖草。我躺在床上,听见院子里叮叮当当的响声,探起身,隔着绿色的纱窗朝院子里看。姐姐正提着一桶拌好的猪食,朝猪圈走去。父亲歪戴着草帽,那帽子上还挂着不知在哪儿粘上的一两粒干枯的苍耳,它们被清晨的露水打湿了,便不复生机勃勃的战斗力,于是那些尖锐的针刺便软了,塌了,在帽子上随着父亲的脚步,晃来晃去。

母亲已经走到门外巷子里了,忽然想起了什么,隔着墙高喊:哎,我说,背上粪箕子,拔点苋菜回来喂猪。

父亲知道那一声"哎"是指的他,也不吱声,反身回到牛棚里,背起粪箕子就晃荡着还在惺忪状态的身体,出了门。

我听着三头猪呼噜呼噜拥挤着吃食的声音,知道再睡下去,肯定会被姐姐吼骂连猪都不如,便乖乖地爬起来,走到寂静的院子里站在压水机旁的石板上,用刚刚汲上来的清凉的井水刷牙洗脸。牵牛花已经将藤蔓攀缘到梧桐树高高的枝杈上去，清晨的第一缕阳光，透过浓密的树叶照下来，那些紫色或者白色的花朵，便沿着树干，一朵朵次第绽放。

一只已经不再毛茸茸的小鸡走过来，左一下右一下地啄食着什么。但是地上什么也没有。我忽然想起来，应该去地里挖一些灰灰菜给它们补补营养了。

灰灰菜又鲜又嫩，小巧的叶子是鸡的最爱，如果剁碎了拌进鸡食里，它们能将小米扒拉出来，专门挑那青翠的叶子吃。喂猪我不在行，那是姐姐的专利，但是喂鸡则不在话下。眼看着它们一天天长大，想着很快它们就能下蛋拿去换钱，我的心里立刻升腾起如父母见到玉米一车一车运回家来一般的喜悦。

于是我胡乱洗一把脸，便拿起尼龙袋子，去了自家田地。

路过燕麦家后墙的时候，我隔着灰扑扑的玻璃，看到她正在堂屋门口洗着大盆的衣服。不用猜，我也知道那是她的哥哥和老娘的衣服。她的后背用力地晃动着，好像她将所有的劲儿，都给了这一盆衣服。不，燕麦的力气永远也用不完，村里人都叫她"长工"，说她如果活在旧社会，一定是地主家最喜欢的仆人。燕麦当然不在地主家里，在还没有出嫁以前，她的整颗心，都是属于娘家的。至于出嫁之后，谁知道呢。

这个夏天,燕麦的哥哥见了谁都喜气洋洋的。他们家穷,他快三十岁了,眼看着就要成为娶不上老婆的光棍,偏偏有这样一个山村里,住着一户人家,也有一儿一女,而且,跟燕麦家一样,儿子未娶,女儿未嫁。当然,更重要的是,那家人也一样很穷,偌大的院子里,除了落地就长的野草,看上去有生机一些,处处都是破败的痕迹。人们都怀疑村里的媒婆跟孙悟空一样,有一双能飞到云端眺望的眼睛,否则怎么就从十里八乡挑中了这两户人家联姻?而且,还不是一对,是两对。燕麦嫁过去做人家媳妇,燕麦哥哥则娶人家女儿做老婆。这听起来真是一对好姻缘,我几乎都盼着吃到燕麦家的喜糖了,可是,人们都纷纷说,可惜了燕麦,那家的儿子脑子有点傻。媒婆嘴里能跑马,顺口扯谎,嘻,就是有点笨,过日子嘛,要那么聪明干什么,反正公婆也还不老,能帮上忙,燕麦啊,吃不了苦。

可是连我都知道,傻和笨不是一个意思。村里的二傻子每天流着哈喇子在大街上溜达,有时候还跟我们小孩子一起追着鹅跑,或者拦住一个人嘿嘿傻笑,犯了疯病,抄起棍子连爹娘都打。而外号叫"朽木疙瘩"的长山,什么农活都笨手笨脚,被人笑话,可是却脾气好,孝敬爹娘,见人就笑,就连小孩子都喜欢跟他在一起玩。婚丧嫁娶,他不会做饭,却永远都是蹲在灶房门口烧火的好把式。

燕麦命真苦，做姑娘时，在家里当长工，以后当了人家媳妇，却守着个傻男人，给人家当牛做马。村里人都这样背着燕麦家说。说完了又叹气，唉，还不是为了给她哥哥换个媳妇，否则，就他们家穷得叮当响，老娘病秧子，老爹人早逝，又一分彩礼都给不了，就是个聋子哑巴瘸子傻子也不愿意嫁给她哥吧！

这些话，不知道燕麦有没有无意中听到。又似乎，她并不怎么在意。就像田间地头的一株野草，并不在意被人何时拔掉，离开泥土，也不在意被随手扔到哪儿。似乎，不管扔到哪里，只要还沾着一点儿泥土，即便是借着清晨的一滴露水，她也能重新挺起腰杆，日复一日地活下去。

但我却在燕麦换亲的消息传出后，就总想着去看一眼她。有时候我站在他们家门口，像个要饭的，倚在坍塌了一半的泥墙上，看她在院子里永不停歇地忙着。有时候，我在她去割草的路上，亦步亦趋地跟着她。也不说话，就是跟着，看着她的影子在日头下晒着，一会儿变长，一会儿变短。她的头发有蓬松好看的卷，好像贴画上明星们被烫过的大波浪。燕麦其实是个漂亮的姑娘，如果没有她的哥哥，她一定可以嫁个好人家。我一边在后面跟着，一边这样胡思乱想。她会忽然间回头，看着我一脸惊愕的样子，便笑起来。但更多的时候，我就像现在这样，在去拔草的路上，站在他们家后窗下，踮起脚，透过玻璃，看她在院子里忙忙碌碌。就像我在露天电影院里,窥视着屏幕上别人的秘密。

父母在田地里,弯成了一张弓,不停地挖着草。玉米已经没过人的大腿,于是那把锄头便像是满蓄着力量,随时准备射向深蓝色天空的利箭。我总怀疑泥土是聚宝盆,上面可以生生不息地孕育着庄稼和野草。在肥沃的土地上,野草和庄稼几乎像是在进行一场生命的争夺战,你拥我挤,疯狂蔓延。马蜂菜、苋菜、灰灰菜是野草中的蚂蚁,以数量庞大占据田间地头,多少锄头都锄不干净。好在它们是牛羊猪们的最爱,就是人,也喜欢吃马蜂菜饺子,喝苋菜糊豆粥,嚼灰灰菜窝窝头,所以它们也还算有用,人在锄地的时候,并不会因为它们抢占了庄稼的肥料,而心生怨恨。但是像牛筋草之类的顽固狗皮膏药,人就会除之而后快了。牛筋草的根基极其牢固,即便在没有营养的沙土路上,它们也能牢牢地将根基朝地下扎去,什么都不能阻碍它们无穷的力量。若想彻底拔掉它们,单用手需要耗费很大力气,它们长得五短身材,怕是你拽着草茎,一屁股累倒在地上,也损伤不了它们丝毫。所以必须用锄头朝地下深挖狠刨,才能真正斩草除根。

但牛筋草是除不净的,它们即便在人烟稀少的荒芜之地,也能强劲地生长。如果无人管理,庄稼和牛筋草之间爆发大战,牛筋草是赢定了的。不等庄稼从泥土里吸取养分,牛筋草就用发达的根系,抢先一步将肥料掠夺干净。沙石路上什么肥料也没有，人还推着板车轧来轧去，但照例不影响牛筋草在其上横行霸道。我看到它们短而粗的茎叶，铺展在大地上，总想起千万个短腿的巨人。

不过牛筋草终究没有苍耳和蒺藜更惹人烦。它们完全无用也就罢了，还时不时给人手脚带来伤痕。某些爱恶作剧的小男孩，最喜欢摘下一把苍耳来，哗一下甩到女孩子头上去。于是，等到所有的苍耳从头上小心翼翼地摘下来，可怜的女孩也基本变成了一个头发蓬乱的小疯子。蒺藜也暗藏杀机，拔草的时候一不小心抓了下去，手上定会伤痕累累。羊在沟里钻来钻去，出来的时候，满身都是苍耳。秋天里，苍耳就靠着人和牲畜，从一个地方，流浪到另外一个地方，而后落地生根、传宗接代。或许一枚苍耳行过的路途，比一个村庄里老死的人都更遥远。一株蒺藜的内心世界，一定比人类还要脆弱，所以才需要浑身长满了针刺，借此保护自己。

我不喜欢这些外表坚硬的野草，我在拔灰灰菜的间隙，更愿意摘下一朵又一朵的蒲公英，借着风的方向，将它们吹出去。蒲公英会跟着风，飞得很远很远，一直到我不能想象的远方，我想那一定是世界的尽头。我甚至希望自己也变成一朵蒲公英，带着小小的希望的种子，飞往理想的梦幻之地。有那样一个瞬间，我还羡慕即将出嫁的燕麦，我想她能很快借助结婚，走出小小的村庄，去看一眼外面的世界，尽管，她的后半生或许永远走不出新的村庄。可是我，还要一

野草

年一年地在村庄里待下去,也不知什么时候,才能离开我从未爱过的村庄。我当然做不成鸟儿,那么就做一株蒲公英吧,只要有风,就能飞上天空,注视这片贫瘠的大地,一直飞,一直飞,总有那么一片沃土,花儿遍地,树木茂密,溪水淙淙,于是我便停下脚步,落地生根。

这样的幻想,很快会被父亲的一声大吼,给瞬间打回现实:就知道玩,大半天才拔这么一把草,家里鸡都饿死了!我手里正握着一把野鸡冠花,蹲在草丛里看两只七星瓢虫打架。我甚至还用草茎拨开它们,可是没想到它们立刻又飞奔向对方,拼命扭打在一起。多亏父亲,不仅让我吓得浑身一哆嗦,将野鸡冠花扔到地上去,就是两只瓢虫,也不再恋战,仓皇逃入乱草丛中。

燕麦恰好背着粪箕子从我家地头上经过,她的身后,跟着一条土黄色的老狗,那是他们家的大黄。

见到父亲,燕麦站住,微笑着夸我:你家二姑娘真勤快啊,都能打草了!

父亲嘴笨,嘟囔一句:嘻,她能干啥,就出来玩罢了。

隔着老远,母亲却直起腰来,朝燕麦喊话:她要像你这么能干就好了!我们就什么也不用愁了!哎,你这一出嫁,谁还能那么精心地照顾俺大娘。

燕麦一定没想到母亲会三言两语就扯到她的身上。她还是个未出嫁的容易害羞脸红的姑娘，听到不知是夸她还是提醒她即将嫁给一个傻男人的话，她一时不知道怎么反应，竟是蹲下身去，将那一束散落在地的野鸡冠花拾起来，又拔下一根狗尾草，一圈一圈地扎好，而后微笑着递给我：知道这叫什么花吗？

我挠挠头，看父亲已经拐进了下一条垄沟去挖草，便小声道：我知道，这叫野鸡冠花。

她笑起来：那是它的小名，就像你的小名叫二妮子一样。

我觉得好玩，便问她：那它的大名叫什么？

昆仑草，好听吗？她歪着脑袋笑问我。

我没有回她，我被她马尾上的几朵玻璃海棠吸引了去。她看出来，便抬手摘下其中的一朵，插在我的耳畔。我害羞起来，低下头去。她则温柔地摸摸我的脑袋，而后起身，背起粪箕子，远远地跟母亲打一声招呼，又扭头唤一声"大黄"，便沿着田间小路，去往自家的田地。

我很想追上燕麦，让她带着我，去采摘和昆仑草一样有着好听名字的野花。我还想跟她去果园里挖草，在大树下乘凉，到河边去捉鱼。如果她不喜欢我跟着，那我就变成他们家的那条大黄狗，瘪着肚子，拖拉着腿，小心翼翼地跟在她的身后。我什么也不说，就只跟着她，穿过树林，经过瓜田，蹚过河水，最后走到南坡的高地上去，站在那里，深情地俯视整个村庄。

我不止一次地注意过,燕麦在高高的坡上,像一株柔弱的树苗,站在风里,注视着我们的村庄。有时,她也会背转过身去,朝着远方眺望。我猜那里是她即将前往的地方。远方有什么呢,除了大片大片的田地,或者蜿蜒曲折的河流,我完全想象不出。而想到燕麦通过嫁人,就能够抵达神秘辽阔的远方,我就恨自己长得太慢。我真希望一夜睡醒,就跟燕麦一样,有着秀美的身材,明亮的额头,闪烁的双眸。我要跟着她去远方看一看,就像一枚苍耳,在秋天落到人的身上,并跟着她走遍苍茫的田野。

可是,这所有的想象,都被眼前的事情打断。母亲将地里挖出的马蜂菜、苋菜和灰灰菜,一股脑儿全抱出来,装入尼龙袋子里,而后朝我一丢,不耐烦地训道:你这一上午,到底干了点啥?就在这里采花看蚂蚁了,还不赶紧背上回家喂鸡去!

我瞥一眼已经快要看不见身影的燕麦,背起袋子就溜。走了几步,又返回,趁母亲不注意,缩身捡起地上的那一束野鸡冠花,就飞快地跑回家去。

我牢牢地记下了那束花的名字,它叫昆仑草,是一种会开花的野草,或许,是顺着风,从一个叫昆仑的地方吹来的草籽,来到我们的村庄,就落地生根,并有了新的名字。就像即将远嫁的燕麦,抵达另外一个遥远又陌生的村庄,也会被人忘记了名字改叫其他的称呼。

　　天气慢慢热了起来，人们便只在早晨和傍晚下田挖草。玉米开始吐出红白色的须，人扛着锄头走进去，便消失不见。我在田间玩耍，偶尔看见玉米地里，忽然钻出一个人来，会吓上一跳。风吹着大片的玉米地，哗啦哗啦地响着。整个世界在蝉鸣声中安安静静的。被玉米遮掩住的野草，见不到阳光，却照例疯狂地生长。有时田旋花的藤蔓，还会高高地缠绕到玉米上去。我很长时间看不到父母，就趴在地上，顺着空隙一垄一垄地看过去。等看到父母穿梭走动的双脚，才会放下心来，知道他们没有被想象中的妖怪掳走。

　　有时候，打南边的高粱地里，会走出一胖一瘦两个女人，她们说着闲言碎语，嘻嘻哈哈地从我身边经过。

　　胖女人说，听说燕麦的哥哥去山地里送彩礼了。

　　燕麦家穷得叮当响，要不是用燕麦换过去，燕麦哥哥这光棍是打定了。瘦女人接过去说。

　　可不，电视机、缝纫机、洋车、手表，四大件他们家哪个也拿不起。如果不是把燕麦天天挖草养大的两头大肥猪给卖了，燕麦家的脸面，丢大发了！

　　唉，可怜的燕麦，给哥哥换回个老婆，自己一分钱嫁妆也没有，她还不如她养的肥猪值钱哩，就这么着把自己的一辈子给贱卖到山里去了。

贱卖也没什么,关键是山地里那男人,听说啊,脑子一犯病,能把他娘都往死里打……

两个女人说着燕麦家的闲话,慢慢经过我的身边。两只蟋蟀不知何时蹦到我的面前,又不知为了什么,一个跳上另外一个的脊背,拼命厮打起来。它们打得快要晕眩过去了,其中一个拽掉了另外一个的触须,另外一个则将对方的大腿死死咬住不肯松口。我忽然间生了气,愤愤拔起一根马唐草的茎,将它们挑拨开来。两只负了伤的蟋蟀,很不情愿地停止了战斗,一东一西地消失在茂密的玉米田里。

我看着地上残留的蟋蟀细长的触须,一时间有些茫然。我的双腿也麻木起来,想要起身,最后却一屁股蹲坐在一丛猫眼草上。

回来的时候经过燕麦家,见她和村里的大胜正在用石灰泥墙。快要坍塌的泥墙,便一半是簇新的白,一半是黯淡的黄。天热,大胜起初还穿着白色的背心,并时不时地撩起背心擦额头滴滴答答的汗水。后来,他嫌麻烦,干脆脱了背心,随手丢到墙头上去。知了在树上低一声高一声地叫着,有时候那叫声稀稀拉拉的,不成调子;有时它们又像约好了似的,忽然间集体鸣叫,密集得犹如夏天里一阵疾风骤雨。大胜不管这些,蝉鸣声即便塞满了他的耳朵,他也能犹入无人之境,专心致志地抹着墙灰。燕麦的哥哥去了山地,一走要几天,可是墙灰却是不能不抹,否则过不多久,媳妇娶进门来,娘家人来了,看着像个笑话。

燕麦也跟在大胜后面一声不吭地干活。大胜比燕麦大不了几岁,于是经过的人看见了,站在当街,瞧着矮矮的墙头上,露出来的两个人头,便笑。却也不说笑什么,有一两只狗撕咬着叫嚣而过,人便瞅着那狗,笑得更厉害起来。老娘儿们不管这些,她们从来不知道含蓄是什么,于是便冲着墙头调笑:大胜,好好干,干好了燕麦哥哥也给你从山地里领个水灵灵的媳妇来,那样啊,你会比现在干得还他妈带劲!

大胜不吭声,却是接过身后燕麦递过来的一杯凉了的酽茶,一饮而尽。燕麦也不吭声,好像绣花似的,学着大胜的样子,上下左右地细心抹着。调笑的老娘儿们觉得无趣,嘀咕一声:我看两个人都在想着美事呢,可惜啊,过不了多久,怕是这辈子连面也见不上喽!

天响晴响晴的,狗嚣叫一阵,嗓子里冒火,也就停了。路过的人,站着看一会儿大胜抹墙的手艺,和小媳妇似的跟大胜并肩干活的燕麦,觉得太阳有些毒辣,也背着手,低头瞅着自己的影子,一颠一颠地走开了。

于是大太阳下,好像整个村庄里就剩了大胜和燕麦。当然,还有站在门口装作看蚂蚁的我。偶尔,有一丝风吹过,燕麦家的房顶上,长年累月生长着的狗尾草,便会摇来晃去,好像在跟风说着谁家的闲话。燕麦和大胜脸上的汗水,正以同样的步调,啪嗒啪嗒地落在地上。房间里传出燕麦长久卧床的母亲,有气无力的一两声咳嗽。此外,便什么声息都不再有。

如果燕麦能够嫁给大胜的话,那该多好。我看着两只奋力搬着一块麦粒的蚂蚁,忽然间这样想。想到这些,我抬起头,偷偷去看抹墙的两个人,我发现,燕麦的脸,竟像新娘一样红红的,好像她窥见了我心底的秘密。

燕麦家的三面围墙全部抹完之后,院子便像样起来。燕麦又很认真地将院子打扫得干干净净,她还用砖头砌了一个花池,里面移植了几株月季,于是这红的黄的白的粉的花朵,一下子让庭院有了生机。燕麦爱美,有时会摘下一朵,夹在马尾辫上,出门的时候,她忘了取,就有小孩子在后面跳着喊:新娘子来喽!路边的大人们听了便笑,燕麦于是害羞起来,匆匆走几步,拐过一个墙角,便将花取下来,放进了兜里。

我知道燕麦要去割草喂牛,于是便磨磨蹭蹭地跟在她的后面,一起朝南坡走。大胜家在村子的南头,大胜娘生大胜的时候,难产死了,于是大胜便和爹相依为命。但凡路过大胜家,只需隔着低矮的墙头朝垃圾场似的院子里看一眼,就能看出这一家没有女人。没有女人的家,媳妇不好找,村里媒婆都不愿意替大胜操心。尽管大胜有的是力气,能吃苦,能干活,可还是没有人家愿意让自己闺女嫁过去,伺候两个邋里邋遢的男人。大胜话不多,没人介绍,便野草似的闷头活着,在大太阳底下赶着牛车,一天天沉闷地穿过村子。

我和燕麦经过大胜家门口的时候,大胜正蹲在门口抽烟。大胜抽烟的姿势很像个男人,他被太阳晒得黝黑的脸,在烟雾中笼着,于是整个人都虚幻起来。起初,大胜的视线,是看向远方的。等到燕麦经过,他忽然间肩膀抖了一下,倏地起身,将烟扔到地上,低头用力地踩着,好像要将那截烟头踩进大地的深处去。他始终没有抬头再看我们一眼。而燕麦,却跟我一样,扭头看了大胜一眼,而后又快步地向前走去。一直到最后,燕麦终于甩掉了我。我回头,看到大胜家的门口,空空荡荡的,一个人也没有。好像,大胜从来就没有在那里出现过。

燕麦家的院子修整完后,村子里再也没有人去开燕麦和大胜的玩笑。燕麦即将嫁人,而大胜穷光蛋一个,看样子将跟他爹一样,朝光棍的路上狂奔。在热闹的婚礼尚未到来之前,燕麦开始跟村里同龄的姑娘们拉开距离,每天一个人去地里挖草。而且专门拣人少的时候出门,好像这个生养她的村庄,成了她即将前往的埋葬下半生的地方。我几次看见燕麦背着粪箕子,沿着墙根低头快步地走,走到田间小路上的时候,她才会放松下来,取下镰刀,搭起手背,看一眼热气腾腾的远处的田地和果园。

燕麦在地里弯腰割草的时候，有时候会唱歌，我许多次听见她的歌声从苹果园里轻烟一样徐徐地飘出。那时，人们都沉睡在湿热的梦中。我不喜欢午休，就去树林里捕捉知了。歌声传来的时候，知了似乎羞愧了一样，会忽然间弱下去，好像琴弦有那么一刻，断掉了。于是整个世界都寂静下来。只听得见我的双脚踩踏在陈年落叶上的窸窣声，或者毛毛虫从阔大的梧桐树叶间将黑色的粪便"啪嗒"一声甩落下来的轻微声响。燕麦的歌声也就在这样无边的寂静中，溪水一样在空中流淌，穿过棉花，抚过高粱，越过野蒿，飞过果园，飘过屋檐，抵达空空荡荡的大道。村庄里什么人也没有，连狗都在热浪中蹲下身，眯眼睡过去了。我侧耳听着那歌声飘来荡去，好像幽灵。我很想随便找一片草地躺下来，在燕麦歌声的抚慰中睡去。

　　我果真睡过去了。梦里我跟着燕麦一直走，一直走，向着无尽的远方。我们穿过无数的村庄，可是燕麦从来不在任何一个村庄里停留。似乎她是大地上一株流浪的野草，只想生长在空旷的山野。于是我们便沿着河流向前。后来，我们便飞了起来。燕麦牵着我的手，越飞越高，直到村庄和山野都成了一片空茫。我们的身边，簇拥着大片大片的云朵，它们那么柔软、轻盈。忽然之间，风停止下来，我和燕麦迅速地下坠。只是，燕麦向北，我向南，我大叫着，呼喊着燕麦。可是，她却什么也没有听见似的，头也不回地消失在云雾之中。而我，则朝着村庄一头栽了下去。

我睁开眼睛，发现自己从倚靠的麦秸垛上侧身滑倒在地上。我的唇边满是泥土和沙子。我用袖子擦擦嘴，看到罐头瓶子不知何时被我踢倒，而那几只知了，也扑棱着翅膀飞到不知哪里去了。

燕麦出嫁的日子终于来了。那晚，人们热闹得好像过年。村子里很少同时办两件喜事，于是男女老少都拥到燕麦家帮忙。男人们帮着给娶老婆的燕麦哥哥支宴席，桌子椅子摆满了庭院，瓦斯灯都挂到了树上去。女人们则喜气洋洋地进进出出，帮着燕麦整理出嫁前的行李。除了两床棉被，燕麦几乎没有嫁妆。就那两床有鸳鸯戏水的大红色棉被，还是燕麦自己一针一线做下的。于是燕麦就像被这个家泼出去的水，收拾了旧衣衫，卷了铺盖卷，被女人们胡乱打扮一下，便扶上了借来的拖拉机，挤在后车厢的小马扎上，突突突地离开了家。

我和几个小孩子追着拖拉机跑，谁也没有我跑得快，好像那一刻我突然生出了翼翅。我嗅到了燕麦身上好闻的雪花膏味，那香味在暗夜里飘出了很远，就像燕麦的歌声。我飞快地跑啊跑，我觉得我很快就要抓住燕麦火红色的新衣了，那是燕麦穿过的最漂亮的衣服。夜晚的风有些凉，燕麦在那团火红里紧缩着身体。我多么想像梦里一样，牵着她的手,将掌心里的温度传递给她。我想我一定要抓住燕麦,阻挡她前往那个遥远陌生、即将老死在那里的村庄。我听见自己的喘息声越来越重,风呼呼地在耳边响着,好像我已飞离了地面。我将所有的孩子,都远远地落在了后面。除了夜晚的风,我什么都听不到了;包括哑掉的蝉鸣,断续的蛐蛐儿的叫声,草丛里虫豸蠕动的声音。我看见拖拉机上的女人们,都在指着我大笑,燕麦也在冲着我大喊。可是我什么也听不到。我只想跑,奋力地跑,一直跑到可以抓住燕麦的手,带她飞上漆黑的夜空。

可是,最终我被一块石头绊倒在地。而拖拉机也飞快地拐过大道消失不见,只留下突突突的响声,隔着已经成熟的静默的高粱,在夜晚的村庄里久久地回荡。

而那束我在日间采摘下的蒲公英,等不及我追赶上远嫁他乡的燕麦,就已经枯萎掉了。

我像一株根茎发达的野草,匍匐在大地上。我闭上眼睛,听见大地的深处,正有千万株蒲公英,在疯狂地向上生长,怒放,成熟,而后汇聚成一朵巨大的降落伞,带着我,飞上夜空。

我在浩渺的夜空中,又听见空灵的歌声,流淌过整个大地。

那是燕麦的歌声。

泥　土

　　弟弟坐在家门口的小土堆上玩泥巴，只穿着一件背心，小鸡鸡露在外面，沾满了泥土。

　　一只公鸡走过来，探头探脑的。鸡眼长在脑袋的两边，却一下子便看清前面的土堆上，有一只蚯蚓在蠢蠢欲动，于是便小跑几步，对准了目标，将出来吹吹小风的蚯蚓，瞬间给啄了去。

　　弟弟不管公鸡的兴奋，对它如何一只脚踩着蚯蚓，将其努力撕扯成两段也毫无兴趣。他只一心一意地玩他的泥巴。他先挖了一个坑，又摇摇晃晃地端来一洗脸盆水，哗啦一下全倒进坑里。水很快唰唰地渗透下去，好像土堆里隐匿着一头饥渴的野兽，正张着大嘴，贪婪地吮吸着每一滴水。弟弟盯着不知把水给吸到哪里去的水坑发呆，眉头微微皱着，有些惆怅。忽然，他好像想起了什么，嘿嘿一笑，很快站起身来，骄傲地扬起他的鸡鸡，嘘嘘地朝坑里尿尿。他的尿热气腾腾地，在水坑里溅起欢快的浪花。他看着浪花在泥坑里旋转,越发地开心,于是那一泡尿,便耗尽了他生命一样,持续了很久。一直到最后,他的小鸡鸡疲软下去,用仅存的力气,勉强挤出最后一滴尿液,便瘫软在饱满的蛋蛋上,再也没有片刻前的雄风。

接下来他就一屁股蹲坐在土堆上,双手伸进泥坑里去,不停掏挖着里面软软的湿泥。而后又将泥团放在两腿中间的泥地上,不停地滚动。他胯下软塌塌的小鸡鸡,也便跟着一起快乐地甩动。那个带着一股子尿臊味的泥球,就这样慢慢变大起来。最后,它们在弟弟的手里,魔术般地成为一列有着空荡车厢的火车。

呜——弟弟跪在地上,撅起屁股,一边推着火车向前,一边发出古怪的声响。吃完了蚯蚓但并不罢休的公鸡,被弟弟吓了一跳,扑打着翅膀,后退了几步,这才定住了,惊慌地审视着推着小火车向前移动的弟弟。弟弟的屁股上沾满了泥土,一只蚂蚁没有来得及撤退,又在热烘烘的屁股上迷了路,于是急得团团乱转,不知究竟是奋不顾身跳下悬崖,还是继续在这片土地上行走。

我坐在门楼下的小马扎上,心不在焉地看着背对着我的弟弟,扭动着屁股,继续在他想象中的铁轨上飞奔,而那只公鸡,则被他柔软的小鸡鸡给吸引住了,大约它以为那是一条肥硕的虫子,于是几次试图靠近了啄住它,但都被晃动着屁股呜呜俯冲过来的弟弟,给吓得闪避一侧。

弟弟终于玩得累了，便将火车弄成一团，又把坑里剩下的稀泥和面一样揉进去，捏出一个薄薄的小碗，而后兴冲冲跑下土堆，在我还没有注意的间隙，将土碗啪一声朝着我旁边的墙壁上扔去。于是一声沉闷的响声过后，一粒泥球啪嗒一声砸在我的右脸颊上。

想到这是被弟弟的尿液浸过的泥巴，我气坏了，抄起脚下的一个石子，朝着弟弟扔过去。石子恰好落在他右边的屁股上，那里很快便留下一块紫红色的印记。弟弟有些委屈，泪水在眼睛里打着旋儿，但到底被我给凶狠地瞪了回去。于是他低下头去，将手里的泥巴灰溜溜地扔掉，而后带着他同样垂头丧气的小鸡鸡，朝着巷口走去。那里，盛夏的阳光，正如瀑布一样倾泻而下。

父亲也在忙着和泥。因年月长久，猪圈一侧的墙壁坍塌了。每日懒洋洋卧躺在角落里的两头肥猪，好像见到了一线光明，机警地起身，走到倒塌的泥块上去，看到无人搭理，它们便哼哼两声，试探着走了出来。父亲正在用小推车朝院子里拉土，看见猪撒欢儿似的在院子里拱来拱去，便朝我喊：快将猪轰进圈里去！我于是不情愿地放下语文课本，随手拾起一根木棍，朝着两头正欢快地拱着墙根的猪走去。

墙根的泥土，已经被它们拱起了半截身子那样长。一只屎壳郎惊慌地逃窜，一群蚂蚁也因这飞来横祸，吓得不知所措。泥土里到底有什么呢，能让两头突然自由起来的猪，如此兴奋地用嘴巴拱来拱去。难道爬上墙头，像鸟儿一样俯视整个村庄，或者跃上屋檐，揭下一片青瓦，最不济，跑出院门，在巷子里飞奔一会儿，不都比石灰墙下的泥土，更有趣吗？或许，它们跟弟弟一样，只是单纯地喜欢那些干净的带着大地湿润香气的泥土吧？毕竟，长了青苔的泥土，比猪圈里浸满了屎尿味道的淤泥，要好上许多。

这样想着，我有些不太想赶它们进圈。墙边筛下万千的金子，那些金子在风里还会闪烁、摇晃，晃得人眼有些晕眩。一株桃树将柔软的树枝搭在墙头，并伴随着阳光的跳跃有节奏地摆动着。一只麻雀站在桃树的枝头，翘起屁股，拉下一泡新鲜的白色的粪便，那粪便沿着墙壁，啪嗒一声落在一头猪的黑色脑袋上。但那猪并无太大反应，晃一晃脑袋，将那泡屎甩开去，又继续开心地玩着湿润的泥土。

我觉得那两头忽然间被解放了的猪，比我要幸福得多，至少它们不需要写作业，不会被父亲拧住耳朵，考问8加7等于几。这是漫长的暑假，但我并不能天天像猪一样，睡到太阳爬上床头。父母每日和泥做土坯的声音，总是早早地就将我吵醒。于是为了假装和父母一样勤劳，不让他们觉得我天天在家里吃闲饭，便也勉强爬起来，洒水扫地，割草喂鸡。等到忙完了家里的活计，我还要拿出下学期的课本，假装很认真地学习。

但我的注意力,总是被父母晃动的身影吸引。父亲负责运输泥土,母亲则将水倒入,又把铡成段状的麦秸,撒进其中,拌匀后,便开始将泥土装入木质的长方形坯模里去,不停地夯实后,才反过来倒出,晾晒在院子的中央。那里阳光盛烈,土坯里的水分,正嗞嗞地化成水汽,升腾到半空。于是不过半天工夫,土坯的表面便干燥坚硬,犹如砖块。

母亲脸上的汗水,滴滴答答地落入泥里,并随着她不停翻动的铁锨,很快消失不见。那些汗水,一定跟土坯里的水一样,变成了水汽,而后又升腾到云间,俯视着我们的庭院吧。这样想想,我抬手擦了一把汗,但却只擦下弟弟的泥丸留下的浅淡的印痕。

父亲的小推车,哐当一声撞在大铁门上。我吓了一跳,赶紧挥舞起手中的树枝,做出驱赶两头肥猪的架势。

母亲却白我一眼,而后笑了起来:对着墙根发什么呆?难不成你也想像它们一样,拱墙根泥土玩?

我不好意思地低下头去,正想着驱赶,弟弟不知从哪儿又冒了出来,将手里的泥块,啪的一下砸在猪的脑门上。那头猪于是受了惊,嗷地尖叫一声,朝猪圈跑去。另外一头,则怔了一下,不知道发生了什么,但还是被惊慌逃窜的同伴引领着,跟着一起奔跑。院子里立刻热闹起来,先是一头猪踩坏了两块母亲刚刚做好的土坯,又一个趔趄摔倒在泥水里,爬起来后,精神失常似的,拐过猪圈,朝房间里冲去。紧跟其后的那一头，也不省心，没刹住车，直接钻进了鸡窝里。倒霉的是，它的脑袋被卡在了鸡网里，于是，这头可怜的猪进不去也出不来，只能不停地蹬着后腿，嗷嗷叫唤着，希望人来救它。

弟弟被这一块软泥引发的事故给惊吓住了，半张着嘴，呆呆地看着院子里猪在嘶叫，鸡在乱跳，人在追赶，鸟在闪躲。他大约也知道自己是罪魁祸首，紧张得大气不敢出，既怕猪们横冲过来将他撞成肉泥，也怕父母巴掌啪地甩过来。

但母亲没工夫搭理弟弟。她骂一句"龟孙子养的"，便紧追着猪向房间跑去。但晚了一步，猪虽然没有闯进堂屋里去在砖铺成的地面上拉屎撒尿，但却没长眼睛，一头撞在了其中一扇纱门上，于是，可怜的纱便被瞬间撞出一个大洞。那洞像弟弟的大嘴，茫然失措地张着，注视着院子里乱哄哄的一切。

多亏父亲推着小车进来，马上丢下车，夺过我手中的树枝，一下抽在堂屋门口被撞昏了头的猪背上，一下又抽在脑袋陷进鸡网的猪屁股上。于是两头猪立刻跟常常被父亲抽打的我一样，长了记性，恢复了昔日的精气神，嗷一声大叫，后退两步，并扭头朝最安全的猪圈里跑去。

两头猪一直顺着台阶，一个猛子扎进猪圈的粪水里，并各自找到一个角落躲藏起来，这才瞪着惊恐的双眼，将尖叫换成了低声的哼哼。

父亲于是扔下手中被打断了半截的树枝，蹙眉看一眼被踩坏的几块土坯，弯腰将其中一块丢进坯模里去，重新填入新泥夯实。他在夯泥的时候，用力很猛，以至于我总担心那个从歪脖子大叔家借来的木质坯模会被他给锤烂了底。

母亲紧绷着脸，不发一言，只默默地将父亲摔倒在地的推车扶起来，小心翼翼地将车斗里的泥土，倒进土堆里去，又回转身，用铁锨一下一下把地上剩的，也全铲了过来。

而我和弟弟，则知趣地悄无声息地走开去。我蹑手蹑脚地踩着竹梯躲到平房上，弟弟不敢攀爬，又惧怕我，便重新走出家门。我站在平房上，看见他又恢复了用泥丸砸过我之后落寞的样子，重新融入巷口炽烈的阳光里去。

黄昏，暑气下去一些。我提起粪箕子，去地里挖野菜喂猪。远远地，听见机井房里有水泵在突突作响，又有哗哗流淌的水声，隔着一片茂盛的玉米地传来。村里的独眼龙正扛着铁锨，沿着垄沟来回走动，时不时地弯腰清理着垄沟里的落叶和石块。走近一些，便看见机井的拐角处，大运家的女人正蹲在垄沟旁，不停地揉搓着衣服。时不时地，她还抡起棒槌，奋力地砸着衣服，好像那里藏着牛鬼蛇神，需要赶将出来。砸一会儿，她便歇上片刻，抬头看一眼泥土里用力向上生长的玉米，并细细倾听无数的根须咕咚咕咚喝水的声音。那汩汩的汲水声一定很吸引她，以至于她挖一把垄沟里的泥巴，香皂一样抹遍衣服，却忘了继续揉搓下去。三五只蛐蛐儿在身后的杂草丛中鸣叫,忘了这是白日,它们应该好好休息,到夜晚再起舞欢歌。一只土黄色的癞蛤蟆,蹦蹦跶跶地从垄沟边上经过,把大运家的女人吓了一跳。她将衣服上的泥土抠下一点儿来,朝蛤蟆投过去,总算驱走了这看了让人起鸡皮疙瘩的小东西。

于是大运女人又俯身揉搓起衣服。她的乳房很大,肥大的的确良碎花衬衫也有些兜不住,于是那两坨粉团便在里面滚来滚去,撩拨着我的视线。哑巴家跟我一样正读小学的儿子,恰好路过,便站在路边上,痴痴地看着。我怀疑他的口水都要流出来了,因为他用力吸溜了一下鼻子不够,还舔了一下嘴唇。

大运女人洗衣服洗得太欢快了,好像她正在自家的案板上揉面,那衣服被稀泥包裹着,没有了昔日柔软洁净的样子。可是大运家的女人是柔软洁净的,她刚刚结婚,年轻好看,是村里人嘴中"俊俏的小媳妇",而且身体丰腴,在路上走的时候,总是惹得男人们多看几眼。哑巴家儿子也喜欢看。当然,我也迷恋她白嫩的双手,那比村里任何抹了雪花膏的女人们的手都更细腻、柔滑。这会儿,她的双手上沾满了稀泥,可是当她把揉好的衣服放进垄沟里漂来漂去,她的手也跟着白了起来。似乎所有的泥土在她的面前,都愿意悄无声息地隐匿起来,都觉得自己黯淡无光,并因弄脏了她的手,而感到愧疚。于是不过片刻,大运女人的手指,又成了一截截鲜嫩动人的葱白。大约泥巴真的有去污的功效,她手里的大堆衣服,也跟着洁净如新,甚至比肥皂洗得还要干净。我想着穿上这样有泥土味道的衣服,晚上睡觉的时候,一定像无数草木的根须,深藏在泥土的深处,倾听着来自遥远大地上的风声,并很快进入深沉的梦中。

那梦里有什么呢,一定有甜甜微笑的大运家的女人,还有清凉的井水从地下喷涌而出,并缓缓流经整个的村庄。一切都是静谧的。而风声,让世间所有沉睡中的事物,变得越发地静寂。

我假装割草,便从大运女人的对面,低头羞涩地走过去。在离她几米远的地方,我将粪箕子放下,一只眼觑着她,一只眼心不在焉地看着镰刀。

哑巴人家的儿子却不像我这样害羞,他直接走到她对面的垄沟上,蹲下来,挖下一坨湿泥,假装很认真地捏来捏去。

大运女人笑起来:臭小子,放了学不回家,蹲在这里捏泥巴。

哑巴人家的儿子不搭理她,他的脸甚至还红了起来,像一只刚刚下完蛋的母鸡。他的手里很快有了两个圆滚滚的球,他找了一小截草茎,将它们小心翼翼地连接在一起。于是,它们看起来很像大运女人胸前两个晃得人晕眩的乳房,或者她饱满的屁股,那屁股在她走路的时候,总想溢出肥大的裤腿,让人忍不住想去接住,怕它们落在地上会摔疼了。

大运女人又逗他：捏的是个啥？

哑巴儿子突然坏笑起来：捏的你。

大运女人哈哈大笑起来，撩起水朝哑巴儿子身上泼去，一边泼一边骂：小兔崽子，这么小就想娶媳妇了！

可惜哑巴儿子早就跳进垄沟里，激荡开波浪一样的水花，远远地跑开了。

没有了哑巴儿子的陪伴，我变得胆小，于是拉起镰刀，慢慢远离依然在弯腰洗着衣服的大运女人，朝长满了草的果园走去。

果园里静悄悄的。苹果尚未成熟，青涩的果子不足以吸引小偷前来。在果树下点种的花生呢，秧苗才刚刚长出，花也还含苞待放，所以看护果园的人，便大把大把地荒废着时光，坐在庭院里，喝一下午闲茶。

风吹过黄昏被薄雾缭绕着的苹果树，发出窸窸窣窣的响声，似乎有千万只手，正温柔地抚过树叶。风也迷恋上这一片果园，或许一整个午后，它们都流连忘返。风从楝树高高的枝头上掠过，从玉米粉白色的花穗上飘过，从高粱细长的秆上划过，从棉花淡黄色的花朵上抚过，而后抵达大片的苹果园，并慢下了脚步。一缕风，与另一缕风，在一枚青色的果实上相遇，彼此并不会说些什么，只是默默地互相让一下路，又向着东南方向，不停息地吹下去。

有时,风也会和我一样弯下腰去,贴着地上的草,犹如亲密私语的伙伴,细细碎碎地说着什么。一缕风与一株草,会说些什么呢?风一定希望草与它们一起,行走天涯,在天地间翱翔。至少,跟它们走出我们的村庄,去往另外的一个村庄里,看一眼那里飘荡的炊烟,或者游走的云朵。草也或许有过这样心旌摇荡的时刻,它们试图挣脱掉大地,将根须从泥土里拔出,借助一缕风,向着想象中的远方流浪。比如秋天的野草,就会以种子的形式,跟随风飘向未曾抵达过的那些角落。

可是此刻,所有的草都还生长在泥土里。就连可以飞翔的蒲公英,可以粘在牛羊的身体上四处旅行的苍耳,也还在开花。所以它们只能以忧伤的面容,回应一缕风的热情相邀,并用向着大地俯身的姿态,表达它们不能远行的烦恼。

大地上的泥土,是否会听见一株生长在苹果树下的野草低低的呼唤呢?我并不关心。我只是用镰刀将一株又一株的马蜂菜、苋菜、灰灰菜割下来,放到粪箕子里去。有时候我嫌麻烦,直接用手去拔,常常就端了一堆蚂蚁的老巢,让它们四处逃窜。也有正躺在一株蒲公英的根须旁边睡觉的蚯蚓,被我打扰了好梦,在风里慵懒地伸个懒腰,便一伸一屈地朝着花生秧慢慢爬去。俯在一朵花上汲取甜蜜汁液的蝴蝶则被我的粗鲁吓了一跳,立刻振动翼翅,慌乱地朝着一片地瓜田里飞去。不过,若是连泥拽出一条灰色的地老虎,慌乱飞跑出去的,多半是我。我怕极了这种虫子。蚯蚓虽然也很可怕,但我终归敢用小木棍将其挑开去,可是地老虎却会让我起满身的鸡皮疙瘩。跑开的时候,还要连着跺一下脚,似乎它们会悄无声息地爬到我的鞋子里去,并躲藏在其中,专门等我上床睡觉的时候突然间现身出来,并诡异地爬进我的耳朵里去。

好在,那个傍晚,我只在草根下遇到了一只肥硕的黄色毛毛虫,它正晃着浓密绚烂的毛发,匆忙地向最近的一株苹果树上爬去。夕阳将最后的余晖,穿过密不透风的果园,投射在长势不良的花生丛里。而另外一只毛毛虫,正匍匐在头顶的叶子上,随着风吹来的节奏不停地摇晃着,似乎它已经枕在这样薄而轻的摇篮里,睡过去了。

夕阳亲吻到地平线的时候,整个大地都变得辽阔起来。田间地头上是扛着锄头慢慢走路的农人。露水从草丛中滚落,沾湿了我的鞋子。果园里浮起一丝的凉意,树叶哗啦哗啦地永不停歇似的响着,似乎在演奏一首悲伤的歌。

就在这悲歌中,村里的疯子沿着小路啊啊地喊叫。那叫声空洞、茫然,犹如浮出泥土的湿气,与缭绕的薄雾交融在一起,弥漫了整个村庄。这是每个夜晚来临之前,疯子都会上演的节目,人们听到他撕破黄昏的叫声,就知道可以从泥土里拔出双脚,收工回家了。就连我们小孩子,也熟悉了疯子打更一样按时响起的声音,跟着一起"啊啊"地叫着,沿街

泥
土

一跳一跳地跑回家去。

如果这个时候,有人俯到大地上,以一只蚂蚁或者蟋蟀的姿态,紧贴着泥土,一定会听到轰隆轰隆的雷鸣般的响声从遥远的地心深处传来。那是夜晚在路上奔走的声音,以一匹烈马的姿态奔跑而至的夜晚的声音。

于是日间栖息的生灵们,纷纷出洞。蟋蟀在墙根下紧随着夜晚行走的节奏,高一声低一声地鸣叫。躲在丝瓜叶下的纺织娘,一边觅食,一边"织织织"地亮开喉咙。青蛙也跳上岸来,俯在湿漉漉的草丛里,呼唤着心仪的爱人。泥土里还会钻出许多不知名的虫子,全都借了徐徐下落的夜幕,避开喧哗又危险的人类,在风吹过的大地上欢歌起舞。即便累了一天的蝉,也偶尔会用喑哑的叫声,附和这仿若另外一个人间的盛大的快乐。

人们在这样浮动的虫鸣声中,安静地回到自家的庭院,卸下一天的疲惫。只有疯子、傻子和哑巴们,突然间躁动起来,用他们含混不清、了无意义又似乎有神秘所指的叫喊,一寸寸撕扯开夜晚的面纱。

我有些害怕起来。我怕疯子跑到果园里,追着我啊啊乱叫,把我好不容易割下的草,全都夺过去,撒进玉米地里。甚至他还会顺着摇摇晃晃的梯子,爬到看园人的破旧泥屋上,将我的草晾晒在上面,并举着空荡荡的粪箕子,朝我哈哈大笑。

疯子的脚步声越来越近,好像有一千个鼓槌,在咚咚地敲击着大地这面巨大无边的鼓。我于是慌张地提起镰刀,朝果园的另一头跑去。我听到去年腐朽的树叶在脚下发出簌簌的声响,还有草茎折断时细微的脆响,泥土被鞋底碾压时沉闷的钝响。一切声音,都忽然间在我的耳畔无限地放大。

疯子的脚步声已经听不见了。只有他划破天际般的吼声,随着最后的晚霞,一起朝着天际陷落。村庄在那一刻,空旷,辽远,静谧无声。

绕过机井的时候,大运女人已经不在那里。空荡荡的石板上,只有她留下的泥水的印记,闪烁着静寂清冷的光。好像,那泥水是她幻化而成。她并没有回到自家的庭院,而是在疯子诡异的喊叫声中,消失掉了。

土坯在院子里暴晒三天后,便可以用来垒猪圈了。因两头硬闯出的猪带来的烦恼,很快跟随土坯里的水分,一起蒸发掉。父亲于是盘算着,明天要起个大早,将猪圈修葺一新。想到两头肥猪终于可以住上新的房子,不用再时时提防它们,对它们围追堵截,我也跟着开心起来;于是猪草打得更加带劲,每天一放学,不用母亲叮嘱,就挎起粪箕子去地里挖草。两头猪耳聪目明,我还在院墙外走着,它们就能根据脚步声判断出小主人要回家了,于是迅速地将两条前腿搭在暂时拦住它们的破旧门板上,呼扇着两只耳朵,并朝我哼哼叫着,嘴里的哈喇子也快要流到蹄子上去了。

可是那天夜里，当大多数人沉浸在睡梦中的时候，忽然起了大风，紧跟其后的暴雨，以席卷整个村庄的气势，自漆黑的夜空中倾泻而下。闪电伴随着狂风暴雨，一次次将黑夜劈开，并在天地相接的旷野中，划下一道让人惊骇的光。于是整个大地都燃烧起来，并在一次次的雷鸣声中，剧烈地颤抖。我蜷缩在毛毯下，像一头在淤泥里瑟瑟发抖的猪。我担心那一道道白光会穿过房顶，突然劈在我的身上，将我从这个世界上轻烟一样地报废掉。我觉得一颗石子，一只蚯蚓，一株野草，因为附着在泥土里，都比此刻床上的我更加的从容。我听见大雨打在灰瓦上，发出炸裂般的声响。地面也被砸出大大小小的坑，泥水溅满了墙壁，鸡鸭牛羊躲在各自的角落里，惊恐地望着眼前似乎永无休止的暴雨。

我忽然想起院子里正在晾晒的土坯。我睡眼惺忪地走到墙根旁撒尿的时候，看到它们正在月亮底下闪烁着清幽的光，安静等待着天光大亮后，被垒在一起，成为一堵坚固的墙。可是现在，一场大雨，一定将它们重新变成了稀泥。我想象着它们逐渐融化在一起，并被大雨冲刷，铺满了整个庭院，成为一条泥土的河流，浩浩荡荡地沿着阴沟，涌出门外。我不知道要不要告诉父母，劳累了一天的他们，尚未被惊雷炸醒，他们的梦里，也一定是阳光流淌，鸡在飞奔，牛在吃草，猪在抢食，一切都是热烈的、明亮的。我不忍心用此刻庭院里已经无可挽回的稀泥一样的意外，将他们叫醒，我宁肯他们在蝉鸣声声的梦里,再多待上一会儿。

但他们还是很快地醒来,慌乱地走到门口,茫然地注视着大雨滂沱的庭院,和已经变成一摊软泥的土坯。

╳他娘的!父亲阴着一张脸,骂出一句后,便气咻咻地抱起门后一卷塑料布,冲进了雨里。

你他娘的还愣着干什么!父亲一边用塑料布盖着土坯,一边厉声朝依然发呆的母亲大喊。

现在再盖还管个屁用!都烂个龟孙了!母亲气呼呼地回复父亲。

父亲像一头发疯的公牛,将盖好的塑料布,一把扯下来,又一脚将一块土坯踩烂在雨里,他还顺手拽过一把铁锹,像一个投掷标枪的运动员,愤愤地抛向院门。

我很担心父亲会像往常跟母亲打架时那样,抡起一个棍子,满院子飞奔,让一只鸡也吓得拉下一泡屎来。但他没有,暴雨已经浇熄了他所有的暴怒,于是他变成一头疲惫的老牛,抖一抖身上的雨水,走到最近的偏房檐下,慢慢蹲下身去,失神地注视着满院黄色的浩荡的泥水,朝着门口涌去……

天亮的时候,暴雨终于停歇。人们纷纷拥出巷子,站在大道上,互相张望,并打探着这一场大雨带来的种种损害。每个人都阴郁着脸,背着手,站在泥水里叹息着。

后来,人们就陆续地朝村口走去。起初是三三两两的,之后人便多了起来。就连小孩子也夹在大人们的缝隙里,犹如泥水,沿着被暴雨冲刷得有些荒凉破败的大道,向前涌动。

人群在村口一棵粗壮的梧桐树前,停了下来。那是一棵被昨夜的狂风暴雨,连根拔起的梧桐,折断的枝干处,露出白森森的"骨头",并泛着悲凉的光。树是朝着一栋泥屋倒下去的,那里是老杨头的房子,他无儿无女,一个人生活在村子的尽头,靠一亩薄田过活。只是现在,他再也不能走出黑洞洞的泥屋,佝偻着腰,在地里拔草或者松土。他已经死了,被这株给他带来过阴凉的梧桐,砸死在已经坍塌的泥屋里。

人们站在化为一堆黄土的泥屋前,默不作声。风吹过来,撩起梧桐上依然新鲜的阔大的树叶。一只麻雀小心翼翼地站在枝头,冲着静寂的人们,发出一声怯怯的鸣叫。阳光穿过慢慢散去的乌云,重重地落下来,将人的双眼,砸得生疼。

新的一天,又从蒸腾着热浪的泥土里,开始了。

坟　墓

一到秋天夜晚，人人关门闭户之后，我就总觉得村子里有很多的鬼（本文中的"鬼"是孩童的想象，寄托对故去亲人、村民的怀念之情），在飘来荡去。

大约坟头的草变得稀少，风也冷飕飕的，将村子吹得空荡荡的，连人在夜晚也很少出门。那些常常被大人们拿来吓唬小孩子的鬼，看看阳气不盛，也就拢着袖子，从张家坟头或者李家坟头上，小心翼翼地飘出，在深夜的大街小巷里游荡。

我从哑巴人家到瘸子家这短短的一段夜路，就似乎能碰到三四个鬼。他们要么一声不响地跟在我的身后，要么不远不近地冷眼瞅我；要么从墙头上、槐树下、瓦片上忽然飘落下来，并惊起一只沉睡的母鸡。

我大致也能猜出他们是谁家的。村里每年都有死去的人，这些人死了，依然在村庄里游来荡去，只不过是以尘世中的人想象出来的鬼的飘忽模样。在大人们的描述中，他们只在夜晚出行,似乎对人充满了惧怕。尽管那人,明明是自己的不肖子孙,在世的时候,出于家长的威严,没少对子孙们吹胡子瞪眼。当然,鬼魂并不知道在世的人,始终对他们怀着恐惧,哪天冲撞上了,是要靠"叫魂的"来沟通沟通,说和说和的。幸好阳间还有能跟鬼沟通的人,将活着的子孙的忧虑、悔恨,或在尘世的烦恼,捎给地下的他们。鬼想起生前种种,知道活着的人是不易的,也就退避三舍,不再到处游荡,将本就胆小的子孙们吓出病来。

没有了肉身拖累的鬼,走路就轻飘飘的,人的一声咳嗽,都能吓得他们瞬间后退几百米。可是人一屏气凝神,他们又低眉顺眼地围了上来,一脸忧郁地看着飞快走路的人,不知道世间的人这样迫切,到底在追赶什么。

鬼魂还是贪恋人间的,不管他们的肉身死去多少年,甚至连坟墓都被夷为平地,他们依然还是想念活过一世的村庄。如果白天没有阳气,大约他们也会出来走走。像过去那样,背着手,在自家地里转上一圈,顺手拔下一株狗尾巴草,并抱怨子孙们懒惰,让好好的一块地板结贫瘠,不复昔日肥沃的样子。他们还会犹豫地推开自家的院门,再看一眼熟悉的锅灶、水缸、猪圈、鸡窝。最后,他们会一脸肃穆地走进堂屋,看看自己的牌位是否落满了尘灰,再或香炉里的香,多久没有更换。当然,不管多么困顿,家家户户的条几上,都不会忘了死去的祖宗。鬼也只有在这里,才会获得为鬼的尊严。知道自己在阳间依然没有被子孙们遗忘。他们就这样心满意足地注视一眼安放的牌位,不再忧虑争吵的子女,或者有些给他们丢面子的破败院落,转身离去。

可惜,他们只能昼伏夜出,因此与人正面冲撞的机会,便不太多。大多数时候,人们都睡下了,他们才开始在村庄里游荡。那时,村庄里只剩下脱落了牙齿的老人,带着一种怕被儿女嫌弃的愧疚,在庭院里颤颤巍巍地收拾着家什。当然,还有忠实的狗,一脸警惕地卧在自家庭院门口。狗显然不通灵,它们防备任何的风吹草动,却对穿行在大街小巷的鬼永远不会警觉。因此鬼可以自由地在院子里穿梭来往,而不必担心被一条横卧的狗挡住了去路,或者突然从暗黑里蹿出来咬他们一口。当然,鬼还在人间的时候,是没少跟狗发生争斗的;有时也会欺负一条毛色斑驳的老狗,甚至将其杀了吃肉。

走夜路的人,常常在风吹草动中,被想象出的无形却又无处不在的鬼,吓得飞奔起来。那身后的鬼于是也冷着一张脸,亦步亦趋地跟着。人在恐惧中,甚至会踩到一只卧在柴草边的母鸡,那只母鸡便在漆黑中惊叫起来,并用尽全身的力气飞上对面的矮墙。栖息在树干上的麻雀,也因此吓出一身冷汗,在黑黢黢的树叶间抻长了脖子,彼此惊恐地对视一眼。但鸟眼里到底也看不出什么名堂,于是战战兢兢地重新卧回飒飒作响的树叶间,侧耳倾听着人在巷子里奔跑时发出的呼哧呼哧的喘息声，一直到铁门哐当一声关闭，门闩也被紧张地扣上，麻雀才在冷风里打个寒战，怯怯地闭上了眼睛。

　　弟弟是从不知敬畏鬼魂的。他会爬到条几上，将祖宗们的牌位拿下来，当成火车在地上推拉牵引，嘴里还发出呜呜呜呜的声响。祖宗们如果显灵，一定会光脚从坟墓里跳出来，扯着大嗓门，站在一旁大骂弟弟的。连带地，他们也会骂父亲或者爷爷没有管教好后代，让这些不肖子孙如此猖狂，竟然敢对着祖宗牌位动手动脚！乡下的小孩子犯了错，比如偷鸡摸狗之类的，大人们不会骂这一家的孩子，却会将这孩子的父母，连带祖宗八辈，都诅咒一遍，一直诅咒到他们家坟头上草都不会长出一棵，更别说将来会冒青烟！所以小孩子犯了错，做爹娘的会舍得下力气打骂，就怕在人前落下"上梁不正下梁歪""爹是孬种儿子也浑蛋"的定语。这样的定语极具杀伤力，是可以生生不息地流传几辈人的。好像即便死了，鬼也会将其带到地下去，阴着一张脸，笼着手，在冬天夜晚的街巷上走来走去，看看儿孙们是否依然那副猪狗德性地赖活着。

　　但弟弟被打骂过许多次，却始终不长记性，以至于爷爷会在牌位前自言自语地念叨好久，求祖宗原谅。到了夜里，他也翻来覆去，无法入眠，听见窗外一点儿声响，都如临大敌般睁着眼睛，以一种想要穿透无边黑暗的视线不安地注视着窗外。窗户上封着的塑料布，正在风里呼啦呼啦地响着，好像有一千只手在奋力地撕扯着它们。猪圈牛圈里，破旧的门板也在吱呀吱呀地响着。

那时的爷爷，再没有了平时的英勇，会打起手电，出去走上一圈，看是哪个庄里的小偷过来为非作歹。他想着白日弟弟做下的恶事，惊惧祖宗们一定是显了灵，要来找他算账；于是他大气也不敢出一口，喉咙里的痰，堵在那里，上不来，也下不去，就那样混沌地噎在那里。

而弟弟则在他的旁边，发出没心没肺的鼾声，日间被打骂的悲伤，早已被完全忘记。他根本就不在乎"鬼魂"，他们是谁，来自哪儿，住在何处，与他什么关系，通通没有睡梦更为重要。每一个村庄里的"鬼魂"，只纠缠那些心中有鬼的成人。

可是爷爷心里住着怎样的鬼呢？他从来不肯对三个儿子说。他的三个儿子在老婆的严加管教下，都是一副半天放不出一个屁的老实巴交的男人。气急了他们当然也会打老婆，但多半都会被女人们歇斯底里、抓狂似的撒泼耍赖给震慑住。五个女儿倒个个是"梁山好汉"，逢年过节的家族聚会，总能合力掀起一阵滔天巨浪，而后不等收拾山河，她们就逃之夭夭，直让妯娌们冷战数月，彼此才肯挤出一丝笑来。

奶奶是个厉害女人，她有一双好像瞪一下就能剜掉我们小孩子二斤肉的眼睛，和上下两片翻飞起来可以割掉我们耳朵的尖刻嘴巴。她太精明了，所以刚过六十岁，还没来得及享三个儿子的福呢，就去世了。她的丧礼，三个媳妇都哭得挺假，如果不是堂屋里那张遗像，在凌厉地、居高临下地审视着唢呐声中的一切，她们在忙碌中，也许会和我们小孩子一样，欢快地穿梭来往，并为了宴席上一大碗肥肉而早早地候在了桌旁，垂涎三尺地等着。奶奶化成了鬼，也照例以她母性的威严，严苛地整顿着这个家族的秩序。所以她的牌位放在条几上，除了爷爷拿抹布擦拭上面的灰尘，无人敢去碰触。当然，从未见过奶奶生前模样的弟弟除外。他不识字，又专跟大人们作对，于是常常趁人不备，将那牌位拿下来当飞机发动。即便爷爷抄着笤帚到处追着他打，他好了伤疤忘了痛，照例"为非作歹"。

爷爷不怕奶奶，但是他怕鬼，也包括死去后变成了鬼的奶奶。他敬畏着庭院里与奶奶有关的一切。但凡她生前用过的柳筐、勺子、粪箕子，即便破得散了架，他也放到仓库里存着。有时候弟弟不小心碰到了，他立刻高声呵斥：那是你奶奶的东西，不许碰！到底奶奶什么时候会再用到呢，谁也不知道，反正在爷爷的心里，奶奶从未离开过庭院半步。只不过，她喜欢夜间活动。所以爷爷在夜晚屏气凝神听到的那些木门吱嘎作响的声音，搪瓷盆子碰触水泥台子的声音，牛棚里窸窸窣窣的声音，在他看来，无一不是奶奶对这个家族的眷顾。

　　弟弟被爷爷打过多次，也没有受过惊吓，好像他天生是一只打不死的癞皮狗。但他从坟地里回来，却陷入了可怜的昏迷状态。没有人知道他在坟地里做过什么。那是一片靠近树林的荒地，被村人当成了坟场。夜晚，那里因为阴气太重，便总是飘荡着幽幽的鬼火。人一靠近，它们马上后退几步，与人保持着冷冷的距离。人若是害怕，飞奔起来，它们也不动声色地一路追赶。那里埋葬的都是村里的老人。早夭的孩子是不会有坟的，他们往往会被村人扔到荒郊野岭，或者废弃的井里。所以人们并不会觉得地下的鬼会跑上来害人，除非人无意中惹怒了他们。

　　那么弟弟一定是对着谁家的坟头，做了不敬的举止。比如笑嘻嘻地冲着坟头撒尿，还顺势拔下人家坟头上长势正旺的一株树苗并抄走几块好看的石头。他兴许会猴子一样，噌噌噌地爬上旁边遮天蔽日的高大杨树，折下几根枝条做成口哨，在林子里嚣张地吹奏一番，惊飞一群正在午睡的鸟。从树上跳下来的时候，没准他还将坟头踩了一脚。

　　总之坟里的鬼们，不太开心，化成一股青烟，徐徐飘出，想要臭骂弟弟一顿。弟弟当然看不到他们，也听不到他们的训斥，但他却在阴飕飕吹来的风里，打了一个寒战，他忽然间被阴冷的风给裹挟住了。黄昏水一样满溢进坟场，夕阳透过密密的枝叶，神秘地洒在安静的坟头上。于是每一座坟，看上去便闪烁着万千的金子。弟弟就在那一刻，觉出了晕眩。

弟弟是被路边放羊的二抠给背回家的。大夫老纪摸了摸弟弟的额头，一声惊讶：这么烫，要打退烧针。

可是针打了三天三夜，烧倒是退了，人却依旧昏昏沉沉，不吃不喝。紧接着，更可怕的是弟弟的蛋蛋肿胀起来！几乎所有来探望的女人，都代替母亲唉声叹气。当然是叹息我们王家传宗接代的任务，怕要完不成了。每一个女人都红着眼睛，将视线针尖一样，扎进弟弟的开裆裤里，看他的蛋蛋是否还有为王家人出力的可能。她们无限放任着自己的想象，以至于可以插上翼翅，飞到三十年后我们家破败的院墙下，兴致勃勃地围在一起，议论我弟弟这样一个老光棍，如何丢尽了王家的颜面。她们还用十二分的热情，打听着弟弟在坟场的细枝末节：大到弟弟踩了谁家的坟头，折了谁家的柳枝；小到弟弟几点进入坟场，昏倒在地时压死了一条什么颜色的虫子。这时的女人们，一个个全变成了我们家的"亲人"，有将祖坟掘遍，也得找出肇事之鬼的决心。

毫无疑问，所有人都将矛头指向了谁家的鬼魂作祟。女人们窃窃私语地议论着，当然先从我们家素来跟谁家关系不和出发。比如铁成家吧，前年秋天耕地，故意将地里翻出的石头全扔到我们家地里,又趁人不备,把地界悄悄移动了一指。还有昌河家,今年大旱,因为争抢机井浇地,被昌河媳妇怂恿着,扛起铁锹砸中冲上来拉架的母亲额头。瘸腿大林更不用说了,因为父亲卖给他的粪箕子,看上去不如别人家的质量更好一些,便怀疑父亲瞧不起他,于是赶在玉米灌浆的时候,夜里一口气踩倒了我们家一垄沟玉米。

　　总之这些活着结了怨的人,他们家族中的鬼,在地下也一定有过抱怨之词。鬼的世界,跟人间大约也没有什么太多的不同。只不过一个在耀眼的阳光下,一个在清幽的月光下。阳光下有很多黑黢黢的阴影,月光下也可以一片澄明。所以结了怨的人,到了阴间,在夜里飘荡出来,柴草堆旁碰了面,或许会笑一笑,打个招呼,絮叨几句家常,也就将旧账一笔勾销。倒是他们尚在人间的儿女,磕了碰了,都阴阳怪气地归罪于某一家的鬼出来作祟。于是,"嬷嬷"(发音:mǎ mǎ)便成了那个他们找出来,专门跟阴间的鬼沟通的女人。

　　柴山娘是我们村里的"嬷嬷",据说她的眼睛生下来就是瞎的,但她并未因此遭人欺负,相反,人人都对她心生敬畏。据说她能看清前世今生甚至后世发生的事情真相,没有人敢在她的面前使坏,每个人看到她空茫一片的眼睛,就像被定住了,一句谎言也不敢说。她的眼睛里好像没有黑色的眼球,眼白无边无沿,像冬天大雪覆盖的大地,一片洁白,任何一点儿黑色的污渍,都别想在那里存留或者逃匿。于是这双眼睛,比任何有可以灵巧转动的黑眼球的眼睛,都更为神秘。谁也不知道那里蕴藏着什么,好像整个世界的黑,都可以被它参透。当然,也包括地下鬼魂的世界。

是父亲将柴山娘给叫到家里来的。村里的大夫小诚和老纪,活马当作死马医,但抹了多少草药都无济于事。弟弟的蛋蛋,有越来越膨胀的趋势,以至于母亲夜夜失眠,并在猫头鹰不停阴森叫着的夜里,大睁着满是血丝的双眼,怀疑弟弟的蛋蛋会突然间爆炸,而她和父亲所有活在这个世上的理由,也跟着瞬间灰飞烟灭。她的焦虑弥漫了整个庭院,我和姐姐因为不能为这个家族带来传宗接代的荣耀,便自觉地收敛起声息,猫一样悄无声息地走来走去,恨不能把自己缩成一股青烟,钻入泥土里去。可是钻入泥土里,就能够逃掉那些女人的碎嘴,逃掉母亲不知何时才会休止的恐惧吗?我当然不知道,但却希望那一刻,喧哗的庭院里,我像"鬼"一样,是一个空的存在。

柴山娘不需要任何人的搀扶就可以依靠一个拐棍,在村子里自由穿梭。哪怕十米前有一块石头,她都能敏锐地感觉到,并放慢脚步。所以在行至我们家门口的巷子里时,她也忽然放慢了脚步,可是那里并没有什么阻碍。她的眼睛里苍茫一片,似乎有大雾弥漫。她穿越这重重的雾,究竟看到

坟墓

了什么呢？陪伴在旁边的父亲不敢问，怕一开口，他这俗人就将阴间的鬼魂给惹怒了，让通灵的"嬷嬷"也无回天之力，救下唯一可以让他在村里有男人颜面的儿子。

柴山娘一脸严肃地进了家门后，什么也没问，就命令父亲洗净手，找出一个瓷碗，盛满小米，又用一块红布紧紧覆在其上，而后倒置在地上。当父亲小心翼翼地做这一切的时候，母亲正抱着昏沉沉睡着的弟弟，坐在堂屋门口的一小片阳光里，茫然地轻拍着他的脊背。弟弟是她连生了三个女儿之后才好不容易得到的一个传宗接代的宝贝儿子，她平素里也打也骂，天天将他追得满院子跑，好像那不是她亲生的孩子；可是临到节骨眼上，她眼里就只剩了这一个儿子，就连父亲，也是多余的人。在母亲这里，弟弟是她活在人间全部的希望，是她在小小的村庄里立足于人前的资本，是她人生最后的依靠与安全感。她为此可以将我之后出生的妹妹无情地送人，又理直气壮地让我和姐姐承担此后为弟弟一生"出钱出力"的重担。可是而今，弟弟的蛋蛋出了问题，这致命的一击，几乎压垮了她。

庭院里安安静静的，一点儿声息也没有，就连一只蚂蚁，都好像屏住了呼吸，怕一不小心，就扰乱了柴山娘叫魂的仪式，将弟弟虚弱回家的魂魄，给吹散在荒凉的野外。母亲的脸，一半落在阴影里，一半晾在阳光下。她收起了昔日咄咄逼人的大嗓门，在柴山娘开始念咒语之前，低低地与父亲说话。这一刻,平日一点就着的两个人,站在了同一条战线上,而且史无前例地配合默契。

父亲问,拿哪个碗?

母亲回,瓷最细的那个。

父亲问,红布用哪块?

母亲回,压箱底的那块。

父亲又问,用什么绳子固定住?

母亲依然轻声地回他,用抽屉里那根红色的头绳。

在很短的时间内,他们两个人就完成了柴山娘交给的任务,将碗平稳地倒放在了她的面前。柴山娘听见碗在水泥地面上发出的轻微的响声后,就开启了她的"招魂咒语"。

她一边握着弟弟的手,一边用一根筷子轻轻敲击着倒扣的碗底,嘴里又念念有词地说着一些什么。我听不懂她念叨的那些咒语,好像忽然之间,柴山娘就被鬼魂附了身一样,变得轻飘起来。她的眼睛看向一个虚无缥缈的地方,那里飘浮着无边的雾气,她就这样牵着弟弟的手,穿越重重的迷雾,不停地走啊走,好像要走到世界的尽头,又好像连这样的尽头也找寻不到。风飕飕地从他们的身边经过,弟弟一定是冷的,他在不停地打着寒战,柴山娘的脸也结了冰一样的冷硬。但她却自始至终紧紧握着弟弟的手,好像她稍微一松手,弟弟就会落入万丈深渊,不复回生的可能。

在那些神秘莫测的咒语里,柴山娘不停地重复着一句话:回家吧,小三子快点回家吧。

而母亲也成为柴山娘最得力的助手,当柴山娘一遍遍地抬头向着天空发问:小三子回来了没有?

母亲也一遍遍地代弟弟回复:小三子回来了,小三子回来了……

那个午后,我被柴山娘神秘的呼唤给震慑住了。事实上,我觉得自己的魂魄好像也被她给带走了。带到哪里去了呢,我并不清楚,但却悄无声息地跟随着她,跋山涉水,穿越迷障,并在无边的黑暗中飞过。最后,我有些累了,想要找一处地方,好好地歇歇。而柴山娘也已疲惫不堪,她的眼睛甚至混浊起来,似乎那里被漫天的黄沙给裹挟住了。她费了很大的力气,才松开了弟弟已经被她攥得湿漉漉的左手,并轻轻地吐出两个字:好了。

在柴山娘打开红布之前,所有人都神色凝重又迫不及待,红布里到底有什么呢?我的心紧张地悬着。我甚至恐惧会有什么妖魔鬼怪,忽然间从里面腾空而起并释放出一阵黑烟将我们罩住,而后借此逃之夭夭。或者,那些鬼魂会一路跟着柴山娘和弟弟,穿越漫长的黄泉路,抵达我们家的庭院。它们或许还会跟柴山娘发生一场争夺大战,把弟弟重新争抢回阴冷的坟墓里去。总之,这一个未知的秘密,刺激着我,让我有夜间在月亮底下行路的恐慌与惊惧。我怕红布打开,却又比任何人都希望打开后,会有诡异的事情发生。

可是,一切都是平静的。红布打开后,我什么也没有看到,依然是一碗陈年的小米。但是柴山娘却不紧不慢地吐出一句:缺口朝向哪儿?

一家人仔细辨认,果真看到碗的边缘,有一处小米凹陷下去。那个凹口,正对着前院的王战家。

王战是一个热爱争斗的男孩,他有四个姐姐,所以不管犯下什么罪过,总有一个跟在他的屁股后面,帮他擦去残留的屎尿。他的奶奶更不必说了,颠着一双三寸金莲,能将他从任何危难之中成功解救。好像她就是一个半空里四处飘荡的鬼魂,可以俯视到王战在人间历经的所有的困难。她那么长寿,永远风风火火地活在这个世界上,即便我们的村庄消亡了,她也会从废墟里骄傲地站起,掸落灰尘,继续活下去。大约正是因为她命太硬了,于是早早地就克死了王战的爷爷。

王战爷爷的坟墓,当然就坐落在那片树林里。因为年月长久,那上面长满了草,草的茎叶上落满了尘灰,还有芜杂的灌木遮住了阳光雨露,鸟雀随便地在上面拉下粪便,蚂蚁更是从坟墓里钻进钻出,或许它们储存的粮食,就隐藏在王战爷爷腐烂的尸骨里。至于花圈,风吹日晒,早就不见了踪迹,以至于如果不是坐落在坟地里,有一些凸起的土堆,大约王战奶奶也忘记了这里埋着的人是谁。倒是我的爷爷,每次赶着一群羊经过，看到这座荒凉的小土堆，就悲伤地站住，茫然地看上一会儿。有时候，他还会蹲在路边，隔着一条沟的距离，抽一袋烟。烟雾缭绕，模糊了他苍老衰颓的脸，也模糊了生死的界限。我总怀疑那一刻坟墓里的王战爷爷，会幽幽地飘出，以同样的姿态，蹲在爷爷的对面，跟他话一话春种秋收与琐碎日常。爷爷知道自己在这个世间，已没有太多的年限，过上几年，他将同样腐烂成泥，跟很多的老人一起，屈身于这片无人再会想起的坟墓。儿女们一场丧事办完，便忘记他们，依旧肆无忌惮地活着。他们想念这些败家的无用的平庸的子女，却只能在夜间悄无声息地离开坟墓，游荡在村庄熟悉的大街小巷，并时不时地做好将子女们吓到魂飞魄散的准备。似乎也只有这样的时刻，活在人间的子女，才会想起父辈的存在。就像为弟弟焦虑的母亲，忽然间想起了王战的爷爷。

弟弟踩踏的，到底是不是王战爷爷的坟头，谁也无法说清。但那个午后，那碗有了缺口的小米，却让柴山娘断言，弟弟在坟场里的鲁莽与不敬，触怒了他的鬼魂。于是按照她的指点，母亲在正对着我们家大门的王战家的墙根下，烧了一些火纸叠成的元宝，又浇上一盅酒，磕了四个响头，在心里默默地祈求王战爷爷放过弟弟，这才完成了所有的仪式。

叫完魂的柴山娘，一脸的疲倦，好像她牵着弟弟，走了很久很久的路，穿行过无数漆黑的巷道，与成百上千的恶鬼大战过,才终于从黄泉路上将弟弟的魂给领回了家,重新嵌入昏迷的肉体之中。

弟弟在当晚出了一身恶汗,当黎明到来,麻雀在窗台上叽叽喳喳叫响的时候,弟弟醒转过来,自己下床对着鸡窝撒了一泡长长的尿。而后他转过身来,冲母亲虚弱地嘟囔:娘,我饿。

唤醒昏迷不醒的弟弟的人,或许不是施展法力叫魂的柴山娘,而是那个在人间拼尽全力爱他恨他也打他骂他的母亲。母亲看着他开始消肿的蛋蛋,红着眼睛像过去那样恶狠狠地骂他:饿死鬼托生,醒了就没个别的事!

爷爷早就规划好了自己的坟墓,在很多年前奶奶还没有去世的时候,他就背着手,在村子周边走了一个下午,而后为自己划定了一块风水宝地。其实,除了公共的坟场,村里大部分人家,都把死后的老人,葬在自家的地里。但爷爷有三个儿子,自然,田地也不靠在一起。他需要蹲在地头,好好琢磨哪块田地更为肥沃,并适宜在地下居住,让他不至于在阴间日日被凄风苦雨困扰。最终,他看中了王战爷爷坟墓附近的一角,那里遍爬着地瓜的秧蔓,是二婶子家最下力气施肥的优质良田。

后来,是奶奶先下葬的,爷爷在人间的床榻上又睡了十多年,才跟奶奶合葬在一起。在死亡没有到来之前的那些枯燥乏味的年月里,爷爷从未怠慢过奶奶的坟墓,他像每天早起在黎明的微光中,打扫庭院一样,侍弄那一小片土地。二婶子骂惯了人,唯独在这件事上,带着惧怕,一口恶气也不敢出。爷爷就是仗着奶奶余威的护佑,苟活在儿女的呵斥里。他已经老得一只脚跨进了坟墓里,却依然在清明的时候,将家里收拾得干干净净,并带上奶奶生前爱吃却舍不得吃的饼干点心、橘子苹果之类的食物,以及一壶热酒和一些元宝,以不得违逆的威严,命令儿孙们去坟上祭奠。二婶子出了名的爱贪人便宜,但是她每年春种秋收,都小心翼翼地绕开奶奶的坟墓,连一根草也不敢朝上面乱扔。而在奶奶生前,她是一个厉害到能上前抓挖奶奶面皮的女人。她可以在整个村子里泼妇一样威风凛凛,却半生都惧怕奶奶的鬼魂,似乎奶奶会在某个夜里破窗而入,将她或者两个宝贝儿子给带到坟墓里去。

坟墓里有什么呢?村里的每个男人女人,老人孩子,都像熟悉自家庭院一样熟悉坟墓的构造。不外乎就是深两米左右的可以放下骨灰盒的土坑而已。在火化尚未开始之前,那土坑会更阔绰一些,能让棺材放入其中。挖坑的男人们,从未因为那是坟墓而在干活的时候生出恐惧。他们甩开了膀子,在阳光下一锄头一锄头地挖着,还说着家长里短的闲话。好像他们只是在挖一个栽树的坑,或者放置芋头的地窖。挖坑的间隙,他们还会抬头看一会儿天上的云朵,那是他们唯一脱离世俗的片刻。但他们依然想不到鬼魂，想不到自己死后，会不会变成其中的一员。他们什么都不想，只是凝神注视着云朵徐徐从树梢上穿过，而后便朝手心里吐一口唾沫，继续站在坑里，为一个刚刚死去的村人，挖着坟墓。

村人们熟悉坟墓，犹如熟悉自己的农田，但却从未停息过对于鬼魂的惧怕。二婶子骂爷爷"老不死的"，可是等到他死去之后，她却再也没有骂过一句。她怀着某种永远无法消除的畏惧，绕开爷爷孤独的坟墓。风将坟墓上残留的花圈吹走，一直吹到谁家的苹果园里。二婶子将下巴拄在锄头把手上，一言不发地看着皱缩的花圈纸，在风里扑簌簌地响着，又打着旋儿飞走。她一生顶天立地，刀枪不入，却在那样的一刻，生出了忧伤。直到一小片花圈纸，忽然间扑打在她肥硕的裤腿上，她才丢下锄头，慌张地逃开去。

我知道那一刻，二婶子与走夜路的我一样，有被鬼包围的惊恐。在这个世上，她终其一生，只怕村庄里游来荡去的鬼。尽管，她终其一生，也从未与坟墓中的鬼魂相遇。

家 园

我依然记得那座老旧的宅子，我五岁之前的时光，全部在那里度过。

那是质朴的二十世纪八十年代。只有在春天，村庄里的色彩，随着田野里蔓延的花朵和起伏的麦浪才会渐渐斑斓起来。床底下所剩不多的白菜，这时会被人忘记。人们扛着锄头，纷纷走出家门，在春天煦暖的阳光下，活动一下窝了一整个冬天的腰身，而后走向自家的田地。

而我们小孩子，则被留在了庭院里看家。老宅的房门与庭院门，都是木质的，用了粗重的门闩，打开或者关闭时，总会伴随着沉闷的响声，好像雷声自远远的天边传来。不管多大的风，都不能将那扇门吹动。门槛也高，于是院子里飞奔的毛茸茸的鸡崽们，也只能"望槛兴叹"。姐姐去地里挖草，回来扔一捆给牛，抱一团给猪，再丢一把给羊，最后，才用铡刀剁碎了，拌进鸡食盆里。小鸡们早就口水横流，那一把灰灰菜还在铡刀下呢，就蜂拥过来，探头探脑，并趁着铡刀还

家园

未落下，蛇一样将脑袋倏然伸过来，扯下一小片叶子，便飞快朝墙角跑。

院子里有很多的树，梧桐、杨树、枣树、桃树、香椿、臭椿。它们都在春天里抽枝展叶，向着深蓝的天空努力地生长。于是阳光便不像冬天那样毫无遮拦地洒满整个庭院，而是细细碎碎的，并在风里摇来荡去。父亲在两株梧桐树中间，拉起一根手指粗的麻绳，给我做成秋千。于是一个人在家里看着鸡鸭牛羊的我，便不会觉得太过寂寞。我常常坐在上面，抬头看着高高的天空上，飘来荡去的闲散的云朵。我记得每一朵云，即便它们从一团棉花变成一头咆哮的狮子，又变成大片大片簇拥的雪。它们从未离开过我们的村庄，似乎这里是它们永恒的家园。就像坐在秋千上还未脱落乳牙的我，也一直以为，自己是其中的一朵，一天天地成长，却永远不会离开这个小小的珍藏了我所有童年快乐的庭院。

可是，爷爷奶奶一声令下，我们和后院的二叔三叔，便分了家。抓阄的结果，是二叔留在了后院，爷爷奶奶和还未结婚的三叔，占据了我们的庭院。而我们一家四口，则抓到村头尚未建起的崭新的宅基地。

夏天的暑气，慢慢收回大地的时候，我们家的房子，也终于建好。那是我历经的人生中第一次迁徙，从村子的南边，迁到村子的北边。我坐在高高的堆满家什的平板车上，看着父亲在前面低头奋力拉着，他的肩膀上被麻绳勒出红色的印记，像一条小小的蛇，在那里无声地伏着。太阳已经收敛了毒辣的光芒，于是那个搬家的上午，在记忆中，便充满了明亮温柔的色泽。

我觉得自己就像一只燕子，飞过贯穿村庄南北的大道，高高地俯视着这片熟悉又陌生的大地。父亲母亲和姐姐的影子，在太阳下慢慢地向前移动。人们打开临街的家门，向乔迁的一家人问好。

他大嫂，搬新家了啊！女人们笑嘻嘻地朝母亲说。

那时的母亲，还很年轻，生活尚未给予她刀割般的疼痛与衰老，她的脸上洋溢着对未来美好生活的憧憬与热烈的期待。于是她羞涩又喜悦地回复那个倚在门口的女人说：是啊，搬家了。

男人们则豪放地提醒着父亲：大印，别忘了买挂鞭，二百响的，噼里啪啦来一阵，给好日子开个响头！

父亲浑身带劲起来，好像他的身体里已经开始有一挂鞭炮，在热闹地炸响了。他也很豪迈地回应说：哪能忘呢，这可是大事！

我在板车上晕乎乎的，不知道是太阳晒的，还是被一路上人们的问候给鼓动的。我微闭上眼睛，闻到花香正从无边的田野里奔涌而来。

我在新的庭院,一直长到十八岁,那里是牢牢扎入我生命深处的家园。我学会了辨识五谷,认识野花,观察大地与天空,感知四季。我常常坐在庭院里长久地仰头注视着天空,那里有飞鸟每天鸣叫着划过。父母在建房时随手植下的十几棵梧桐,跟我一起一天天地成长。春天的时候,它们开出紫粉色的小喇叭状的花朵,拔下头上茶色的帽子,会吸出蜜一样的汁液。夏天,梧桐浓密阔大的叶子,像一把把遮挡着烈日的大伞。父亲在树下编筐,母亲缝补衣服,姐姐织发带,我则看书写作业。秋天,院子里每天都有树叶飘落,天空慢慢空旷起来,梧桐的枝干印在蓝色的天空上,成为疏朗的写意画。院子和平房上开始晾晒满玉米、大豆和棉花,梧桐树上也被人层层叠叠地捆绑上剥完了皮的玉米。站在平房上看下去,满院子的梧桐树都好似穿上了金黄色的新衣。左右邻居家的庭院里,也是同样的忙碌和拥挤。人们出出进进,并用高声的叫骂,来舒缓秋收带来的紧张与疲惫。而到了冬天,整个村庄都闲适下来。雪一场接一场地下,人们踩着雪咯吱咯吱地进出庭院。麻雀在白色的脚印里跳跃着,寻找秋天遗忘下的稻谷。有时候风吹过来,雪便扑簌簌地从梧桐的枝杈间,纷纷扬扬地飘落,钻入我的脖颈,凉飕飕的,倏然化掉。

　　这样永恒不变的四季,一年年地在庭院里经过。除了新生的弟弟,从攀爬学会了奔跑,除了我和姐姐慢慢地长高,又像一朵花一样绽放，一切都在庭院里，以亘古的姿态静默着。风吹过来，连一粒尘埃也不会带走。灶房里烧火的风箱，一直呼哧呼哧地为我们的一日三餐卖力。梧桐在一年年地增加着年轮，井边的桃树，却速度缓慢，好像它在时光里只顾着开花结果，却忘记了生长。

有时候下雨，被浇得浑身湿透的父母，不等收拾完庭院，便会爆发一场大战。那些争吵多半离不开疲惫和贫穷。为了一筐被淋得发霉了的玉米，他们会吵；为了一片被大风刮倒的麦子，他们会吵；为了没钱买化肥的拮据，他们会吵。而每一次交学费，更是一引便爆的导火索。狂风暴雨来袭的时候，我总是蜷缩在角落里，一言不发。有时，我也会悄无声息地离开家，去空无一人的田野里游荡。我希望自己能够立刻生出翅膀，逃离这个小小的村庄，永远不再回来。可是，所有的庄稼都沉默着，也没有人告诉我，走出村庄的大道，究竟通向哪里？

很多个夏日，我都在夜色中溜回家去。没有人知道庭院里发生过什么，也无人关心。所有的庭院都是一样的。人们在清贫的生活中，为了物质的欲望躁动着，又在时间的磨损中，慢慢沉默下去。一拨一拨的打工者，带回外面的消息，激荡着单调的乡村生活。人们忘记了争吵，纷纷走出庭院，站在巷口，眺望着那条通往外面世界的大道，开始蠢蠢欲动。

保守的父亲,终于没有抵抗住这股打工的潮流,犹豫着去了县城。那是二十世纪九十年代末期,正是春天,园林所在县城里遍植花草树木,需要大量的外来务工人员,父亲托人成为其中的一员。因为吃苦耐劳,父亲很快得到负责人的赏识,并将他调到县委大院,负责打扫卫生间的活计。这份工作不需要风吹日晒,又比园林工人可以多拿一些薪水,父亲几乎有成了"公家人"的兴奋与自豪。为了干好这份工作,他甚至还由每天骑车回家,改为每星期回家一次。园林所存放锄头等工具的储藏室,则成了他临时的栖居地。

母亲是个争强好胜的女人,眼看着身边的人一个一个地出门打工,她却赋闲在家,便非要跟着父亲进城。母亲不挑不拣,什么活儿都做,她在修建县城广场时,搬过砖,和过水泥,拉过沙子,也栽过树。她甚至还给人当过保姆,伺候一个行动不便的有退休金的老人。尽管这些活计都不能长久,总是这里一天,那里两天,但母亲却做得兴致勃勃,似乎万物复苏的春天也激活了她对于生活的热情。每次下了班,她和父亲在蜗居的储藏室里吃完饭,便绕着刚刚开始大兴土木的县城闲逛。那时的母亲,只是对城市生活充满了羡慕,却从未有要将我们的家搬到这片繁华里来的野心。于是,每天艳羡完后,她和父亲还是回到拥挤的储藏室,跟一群外来务工人员讨论着哪里可以买到便宜的青菜,哪里还有用工的名额,再或何时回去收割地里的庄稼。

在一次帮助县委大院疏通下水道成功之后，父亲忽然间发现，这样一个因为脏而没有太多人愿意去干的活儿，随着越来越多的楼房建起将大有前途。于是他很快买下了一台电动疏通机器，在完成工作的间隙，四处接活儿。他还学着别人的样子，将自己的小灵通号码印在纸上到处分发。他还鼓动读了大学的我，在县城网站上为他发了一则像模像样的广告。

那时弟弟即将读初中，在究竟读乡镇还是县城中学的问题上，母亲跟父亲大吵了一架，并执拗地四处托人，花钱让弟弟进了县城的实验中学。进了城的母亲，一定是暗暗地怀揣着要在这里落地生根的梦想，否则她不会忽然间成了《渔夫与金鱼》的故事中的老太婆，用一个又一个的愿望，强迫着父亲朝前走，朝县城的方向走。而那个已经现出凋敝破败的村庄里的庭院，除了秋收的时候父母会回去，再也不复过去的生机。好像那些欢乐与忧愁只是一场梦境，被锈迹斑斑的锁，永久地闭合在孤独的庭院。

母亲对于县城的第一个愿望，是让父亲在弟弟的学校附近租房，她要在这里安下家来，她要给弟弟一个可以每天回家吃饭的住处。她满心都是重建一个温暖家园的梦想，她被这梦激励着向前飞奔，停不下来。

父亲将县城大大小小的巷子都走遍了，最终在一个被人遗忘的角落，找到了一处小小的院落。那座房子，母亲在最初看到的那一眼，立刻哭了出来。它是如此的破旧，破旧到连捡破烂的流浪汉都嫌弃鄙夷。房顶上的瓦片已经破碎不堪，有几处因常年漏雨，导致墙壁都发了霉，黑黢黢的一片，好像有无数的虫子积聚在那里。而三面院墙则四处张着大口，冷眼盯着想要开辟新的天地的父母。

这一次，父亲没有跟母亲吵闹。他默默地买来水泥沙子和砖瓦，只用一周的时间，就让只有一室一厅的小小的房子和不大的庭院改换了模样。院子里新铺了一条红砖甬道，这样下雨的时候便不会沾泥。就连外面的灶房也修葺一新，秋天去粒后的玉米棒，可以拿来烧火做饭，节省买炭或者煤气的费用。母亲站在干干净净的院子里，红了眼圈。她什么也没说，默默地拿过铁锹去整理阴沟，那里堆满了腐烂的落叶，堵住了通往外面去的雨水的出口。这是巷子的最深处，马路上的喧哗，在七折八拐之后，便自动消失。在没有亲戚看到这一处月租金只有六十元的院落之前，母亲用沉默无声的劳作，与父亲达成了和解。

我们家在这座连房东都懒得来收房租的院落里，一住就是四年。弟弟升入了高中，我读完了大学，父亲离开了县委大院，但却因此成为一名专业的下水道维修工，像他年轻时学习针灸一样，熟知这个县城地下铺设的每一处有问题的管道的穴位。除了春种秋收时父母需要回村庄里忙碌，父亲依靠村人们口中羡慕又鄙夷的"脏活儿",用一张又一张定期的存折,慢慢积累下一笔可以让我们家再一次搬迁的费用。

那时村庄里的人,已经形成外出打工的习惯,谁在春种秋收之后还闲在家里,会被人耻笑为懒惰。但除了依靠读书跳出龙门的人,还很少有人会想到在城市里买一座房子。大家只是感叹着城市人的生活,又将打工挣下的家业,谋划着在村里哪块地基上,给儿子盖一栋房子,备将来娶亲之用。只有慢慢习惯了城里人生活的母亲,用日复一日带着嫉妒的唠叨,激发了父亲在城里买房的野心。于是在一个秋天,父亲将所有的存款,加上从村子里某一富户处借来的私人贷款,共计十四万元,买下了一处靠近菜市场的二层楼房。那是一处小产权房,但因为有一个小小的院子,可以放下载着父亲东奔西走疏通下水道的三轮车而被父亲相中,并执意劝说母亲买下。

搬迁到新房之后,母亲再也不像过去,对村人和亲戚们隐藏自己的住处。一拨又一拨来城里卖菜的村人,在被母亲邀请,参观完我们家连庭院都远离了泥土的楼房之后,纷纷艳羡地称赞。只是当他们回到村子里,聊起让父亲挣下了一座楼房的活计,依然带着鄙薄,说,老王干的活,挣钱多是多,只是有些脏,没人愿意干。父亲在听到亲戚们当面这样点评的时候,什么也没说,而是低下头去,用力地搓着手,似乎想要将那双每日帮人疏通下水道、修理马桶的手,搓出湿润的泥土来。

我们的新家,后面是一座六层的高楼,前面是同样的二层楼房。因为楼间距很近,再加上设计不合理,夏天的时候,屋子通风不好,很是闷热。尤其顶层,如果不安装空调,除了父亲没人愿意上去睡觉。电费因单独划片收取,价格昂贵,而水费,对于用惯了压水机里免费地下水的农村人,用得再少都觉得是在费钱。于是,每到下雨的时候,院子里便被一辈子勤俭节约的母亲,摆满了大大小小的盆子和油漆桶。雨水落在里面,发出滴滴答答的响声,那声音随着盆里水的多少而不断发生着变化。我坐在门口看书,常常在那些节奏单调但又叮咚悦耳的雨声里,听得有了困意。我想起那所居住了十几年的老家的宅院,很多个雨天,我也是这样坐在门口,看书,或者发呆。只是雨水落在泥土里的声音,很轻,像是大地亲密的私语。而今是水泥的院子,走出去也是柏油的马路。除了父母秋收时在马路上晾晒的玉米,我们的生活,跟那些"有退休金"的城里人,似乎没有太大的区别。

只是,新闻里时不时传来的关于小产权房的消息,还是会让母亲焦灼。而一个又一个引来给弟弟相亲的女孩,也带着挑剔,嫌弃房子不是真正的"高楼大厦",嫌弃房子的通风。母亲为此常常抱怨父亲当初的选择,甚至有一次,他们将彼此打得头破血流。但事后,他们还是收拾起这些人生的烦恼,回到安安静静的生活,并随着弟弟年龄的增长,和城郊正在兴建的越来越多的楼房,生出买下一栋有小区和集中供暖的楼房的愿望。

　　在我已经将这座居于县城农贸市场旁的二层楼房,当成了自己的家,每年不管酷暑多么难熬,都要从内蒙古飞回山东的时候,父母在一个又一个相亲女孩提出的要在县城买房的条件逼迫下,开始四处寻找合适的楼房。那时,我们已经在这个冬天需要烧炉取暖的房子里居住了十年。它那脱落的墙皮和局促的巷子,显示出与飞速发展的县城格格不入的老旧与落伍。

　　为了弟弟的婚姻大事,这一次母亲专门召开家庭会议,郑重其事地给我和姐姐安排任务,每人最少拿出五万元来,买下她和父亲已经看中的一套两室一厅的房子。母亲说,那个小区高档,集中供暖,进出有门卫点头问好,位置也好,买下来,我们就跟你们两个姨哥家一样,成了真正的城里人了。我知道母亲在暗暗地跟早就离开农田成为城里人的大姨较着劲,她的两个儿子都通过读书在县城里谋到了一份不错的正式工作并顺利地买房结婚生子,完全地跳出了农村的门槛。每一次他们来做客,提及这座不是"明媒正娶"的小产权房,都会让父母徒增压力。而这一次,为了彻底地成为城里人，母亲第一次给我和姐姐安排下不能违逆的帮弟弟买房的任务。

那时，为了女儿上学，我刚刚在呼和浩特买下一处学区房。而一直在乡下的姐姐也追随着乡下人的潮流，为了方便孩子读书，花十万元在镇上买下一个小产权房。那座楼房坐落在一个村子的尽头，孤零零的，没有小区，更别说物业。它一脸复杂地背对着村庄，恰恰像我们全家在母亲的带领下，甩掉泥土奔赴城市的表情。

尽管如此困难，全家人还是凑够了钱，买下了那栋意味着一个家族真正地跳出了乡村的房子。那是春天，弟弟的女朋友还遥遥无期，可是母亲却喜气洋洋地打电话来，跟我筹划着何时装修，买什么样式的家具。那时，我刚刚将旧房打扫干净，我对女儿说，妈妈永远不卖这个房子，我要留给你，让你以后不管多么落魄，在这座城市里，都能有一个温暖的可以遮风避雨的家。

五岁的女儿仰头问我：妈妈，房子是什么？家是什么？

我笑着将她拥入怀里，却一句话也没有说。我想她永远都不能明白，四十年间，我们这个家族，怎样借助于一个又一个的房子，彻底完成了从乡村到城市的迁徙。那些承载了风雨和历史的房子，它们永不会被我忘记。因为那是我们孤独迁徙的家园。

后　记

从 1999 年 12 月发表第一篇青涩的文章算起，我已经写作将近二十年，这是我半生中，做过的最长久的一件事。我辞过三次职，定居过四五个地方，行走过许多座城市，也爱过不同个性的人，可是没有什么能让我放弃写作。因为，我需要写作，它给予我的物质的回馈，远没有精神的慰藉更为重要。它是我唯一可以敞开内心，毫无障碍地沟通交流的知己和爱人。它收留我在世俗世界中疲惫不堪的身体，和软弱卑微的灵魂，并清洁其上的尘埃，让我在黑夜过后的黎明中，重新成为一个洁净的人。

我能够忆起这漫长的二十年里，许多与写作有关的饱满动人的细节。它们在我人生的途中，微芒闪烁，犹如暗夜中的萤火。

1999 年的盛夏，我在蝉鸣声声中结束了高考。走出校门，左拐，在报刊亭前停下，站在那里，翻看了半个小时最新的杂志。瘦削的老板低头看报，偶尔头也不抬地端起茶杯，吸溜着嘴，嘬一口茶。那是报刊亭的黄金时期，老板并不担心翻阅过的杂志无人购买，而大部分书与杂志，也不会以清洁为由，拒人千里地进行塑封。有风缓缓地吹来，掀起我的裙角。阳光炙烤着大地上的植物，并发出细微的焦煳的味道，和让人迷醉的成熟的芬芳。我看得累了，才恋恋不舍地放下杂志，并小心翼翼地掏出兜里的钱，一张一张摆在一份《南方周末》上。那是我从半年的饭费中节省出的零花钱，在高中生活结束的最后一天里，它们全部变成了我向往的书报杂志。老板依然气定神闲地嘬一口茶，将钱淡淡扫上一眼，便收进了旁边的纸盒里。我道一声谢谢，拿好挑选出的一摞报刊，推起门口的自行车，一抬腿跨上大梁，朝通往村庄的大道上驶去。

那个因为等待高考成绩而让人有些焦灼的暑假，我在竹编的躺椅上，将购买来的报刊看完后，在心里默默地对自己说，总有一天，我也要在上面发表文章。1999 年还是写作者刀耕火种的年代，电脑时代尚未到来。于是我像每日在田间地头俯身劳作的父母一样，在老旧的风扇下，蜷缩在竹椅里，一页一页地耕种着最初迸发的关于文字的理想。

我还没有忘记自己发表过的第一篇文字。那是初中二年级的春天，阳光洒满每一个教室门口的台阶，让那里有着暖烘烘的气息，一切都被温柔的春风荡开。校园外的大道上，有拖拉机的响声，突突突地经过。那声音里饱含着一抹源自麦田的希望。就在课间的十分钟里,在学校担任英语老师的叔叔,忽然朝我走过来,并露出让我难得一见的微笑,说:你的稿费单到了。

我几乎被吓住了。我完全想不起自己曾经写过什么,又是何时将稿子投出去的。我至今怀疑那篇发表的文章,或许是某个好心的老师,将我的一篇作文,在无意中推荐了出去,但他自己却忘记了。也或许,的确是我自己跑到邮局,将一个厚厚的信封咚一声投进了邮筒。那是一张来自黑龙江的某个杂志的稿费单,三十元。1994年的三十元钱,还能买到许多的东西,只是父亲喜滋滋地拿上我的户口本,去邮局取完稿费后,连钱的影子都没有让我看到,便拿去买了种子。

而我那很少笑过的叔叔,却在此后忽然间开始关心我,将学校给老师订阅的各种刊物借阅给我。我总是小心翼翼地接过,忐忑不安地看完,而后在周末被他驮着回家的路上,交还给他。甚至有一次,为了他这份不知如何还清的好意,我的右脚不小心被卷入自行车的后轮里,我忍着痛,一句话也没有说,一直到他自己发觉,停下车来,气咻咻地骂我。

我深知出身贫困乡村的我,只有考上大学,才能像鸟儿一样,自由地追寻所有瑰丽的梦想。所以高考后焦灼等待成绩的那个暑假,我用一整个笔记本的文字,倾诉着内心的孤独、惶惑、迷茫与渴望。

半年以后，那些文字中的一篇，在西安的一本校园杂志上，发表出来。随后，我又在那里以专栏的形式，发表了三篇，并因此在2000年的暑假被邀请参加笔会。那是一个而今早已消失的青春杂志，可是当年，却是我所有缤纷的梦想通向外面世界的一个窗口。我在忽然间打开的窗户里，嗅到浓郁的春天的气息。

那个笔会，报销一周的食宿费，但不包括来往的火车票。我记得自己站在正晾晒麦子的父母面前，嗫嚅着提及这笔二百多元的车票时，母亲叹一口气，继续翻晒着麦子，什么也没有说。是恰好路过的一个本家在镇上医院工作的爷爷，听到后，兴奋于我的"有出息"，当即给了二百元钱，并让父母无论如何都要让我出去"见见世面"。

我在西安吃了羊肉泡馍，见了兵马俑和大雁塔，看到一个大方地向编辑讨要香烟的西安女孩，她表情孤傲，见到我这样乡下来的，头也不点一下。我还暗恋上一个长我几岁的湖北男孩，他在《人民文学》刚刚刊发过作品，并被杂志的编辑反复提及；我甚至在即将离去的车上，还为他流下眼泪。那时西安城里开始流行喝豆浆，于是每天早晨，我在餐厅里，都会对着编辑热情提来的一袋豆浆发愁。那还是一个宁肯浪费也不将饭店饭菜带回家去的要面子的年代，于是当我回家提及编辑们每天都把吃剩的饭菜打包回家——对，打包，那是我学到的一个新的词汇——母亲一脸的同情，说，他们西安人，可真会过日子。

后来，我曾暗恋的男孩与我通过一年的书信后，便音讯全无，像从这个世界上蒸发了一样，了无踪迹。而我，则在写作的道路上继续前行，一直到大学毕业，去了一所中学做英语老师。在格子间组成的办公室里，老资格的教研室主任，以绝对的权威规范着每个人的言行举止。比如某个同龄的女老师，用录音机外放了任贤齐的歌曲，或者某个没眼色的年轻老师忘了给她倒一杯热茶，再或哪个老师在办公室里做了与教学无关的事，她都会絮絮叨叨地讲给年级主任听，或隔三岔五地跑到校长办公室里，哀哀戚戚地打小报告。我在那个门卫总是将我当成无证的学生拦住的中学里，谨小慎微地待了三个月后，终因压力太大一个字也没有写出而决定离开。

我只想要自由，于是在秋天的黄昏里安排好接替我上课的老师后，便叫了一辆出租车，把所有的行李装入两个蓝白条的编织袋里，像刚刚任职时那样，无声无息地离开了这所不能给我理想生活的中学。汽车驶出校门的那一刻，我像一个半路逃走的士兵，心虚地将头一低，避开了门卫狐疑的视线。

我以破釜沉舟般的无畏回到母校，并在距离考研仅剩的两个多月里，拖着因每天只睡五个小时而木头一样麻木的身体，往返于宿舍与食堂。每每在觉得撑不下去的时候，我都会想，等考研结束，我要狠狠地读书写作一个月，填补这半年来因无法动笔而带来的内心巨大的空茫。

考研结束后的冬天，我回家等待成绩，并嗫嚅着将之前依然在当老师的谎言扯破了讲给父母。母亲红了眼圈，只问我：有没有希望考上？我内心犹豫，但却自信满满地回复母亲：放心，肯定没问题。

在得知自己考了第一名的成绩后，我没有太多的喜悦，好像之前所有的努力已经将体内的力气耗尽，我只默默地打开电脑，建立一个新的文件夹，开始写作。

我用稿费养活了自己和家人，这让我觉得心灵自由。我时常想起取稿费单时，遇到的一个在学校邮局工作的女人。她有着并不幸福的婚姻，男人因与人打架时动刀伤人，被判六年刑期。但或许这是她的幸运，因为她至少能够躲过男人六年的婚姻暴力。在她窄小的一室一厅的老旧房子里，她将眼窝处被男人用酒瓶砸伤的印记指给我看。我不知道说些什么，只能用提来的礼物，表达她时常帮我取错写成笔名的稿费单的谢意，并在此后，在她的恳求下，偶尔给她正读高中的儿子辅导写作，慰藉她内心的孤独。

后来某个春风沉醉的夜晚，我跟男友牵手在校园里散步，忽然看到她迎面走来。路灯昏黄，却可以看得出她特意地打扮过，一件杏黄色的长裙，在风中暧昧地飘荡，刚刚烫过的波浪鬈发风情万种地起伏着。空气里荡漾着淡淡香水的味道,是茉莉的清香。高跟鞋嗒嗒敲击路面的声音,在暗夜中传出很远。就连路边沉寂的树木,也似乎因她这突然的改变而添了几分的妩媚。

我知道她是去一个在学校后勤工作的男人家里。那人中年死了妻子,却又因她服刑的丈夫不同意离婚,而只能悄无声息地与她交往。她无意中提及此事的时候,脸上浮起一抹惆怅,眼窝处的伤痕,变得越发地深下去,似乎人间所有的哀愁都储存在那里。

我即将研究生毕业那年,她依然没有从婚姻的枷锁中挣脱出来。那时,刚刚四十岁的她,已经有了老态,皮肤皱缩着,犹如她很少舒展开的额头。总有一天,我会为她写一些文字,那时我想。

毕业前夕,我应聘到济南一家出版社上班。招聘的时候,社长问我,说说编辑和作家的关系。我沉吟片刻,回答:一个优秀的编辑,不一定是一个作家,但一定有写作的能力,这样才能判断书稿的好坏。五十岁左右的社长,抽着老式的烟斗,不疾不徐地回复我说,虽然你写作好,但我们招聘的是编辑,出版社不需要作家,如果你想写作,就要好好考虑这份工作。

我很快被留下上班,并以为那将是自己一生的职业。办公室里有四个编辑,我的办公桌是新添加的,对着门口的角落。桌子上堆着一摞的书稿，都是别的编辑不爱看的稿件。没有人告诉我，应该怎么约稿，或者如何策划图书。每个人都在忙碌、出差、跟名人电话交流、去印厂。我惊讶于一个瘦得只有九十多斤的男编辑，一边拼命地抽烟，一边与那时当红的作家在 QQ 上谈笑风生。这样的人脉，我不知道何时才能够得到，便只好老老实实地在角落里看总是源源不断的书稿，并伏案认真地写拒稿信。那时中学生喜欢写长篇小说，希望像韩寒、郭敬明一样成名。于是我看的书稿里，十有八九都是中学生的作品，他们的父母笑着将厚厚的书稿打印出来，送到社长手里，再转交至我这里审阅。偶尔，会有出色的作品，让我兴奋到忍不住推荐给其他的编辑，他们总是头也不抬地回复一句"是吗"，便将我燃烧的热情，兜头熄灭。

每天早晨七点，我从租住的房子出门右拐，沿着一条有些混浊的护城河向前。路有些陡，于是我便总有爬山的错觉。在"山"的尽头，有一公交车站牌，我在人群里站着等上片刻，会有一辆车慢吞吞地开过来，载上我和一些人，机械地向前行驶。夏天即将到来，车里便有些闷热，人们昏沉沉地闭眼休息，延续着尚未清醒的梦境。那梦时而会被一个急刹车给撞碎了，不复重新拼接的可能。于是人们便将视线转向窗外，那里赶赴上班的人们，犹如河流，在穿过厚厚云层的阳光下缓慢流淌。

我总是第一个到办公室,但因没有钥匙,每天都需要在空旷的大厅里等待。我不知道这样的生活,要持续多久,只是觉得无法写作的日子,身体是空的,心也是空的。整座城市,都不是我的,梦想在云海之上,那么遥远,又那么苍茫。

我相信梦想依然在远方的某个角落里,等待着我。于是我便去了北京,在北京师范大学读博。那里的邮局再也没有人帮我取出错写成笔名的稿费单,但是艺术楼收发室的阿姨,却每次都将我的稿费单细心地放在一起并逐一进行登记。我模糊记得她来自河北省,为了供儿子读书,在北京打工多年。那是一个和善的女人,熟知我的稿费数目,却从未有过嫉妒。只是每次见我,都温柔地叮嘱:姑娘,要注意身体,别太累啊。我一边答应着,一边将一袋水果或者零食,放在她的桌上,而后拿起签好名字的稿费单,转身便走。她于是便在后面喊:这孩子!

我的导师周先生是一位风度翩翩的学者,他每次见我,都开心地提醒:快去收发室取稿费单,积压了那么多!他是一个随性的人,知道我喜欢写作胜过学术,并不因此觉得失望,反而常常骄傲地向人提及,他的学生是一个青年作家。那种遮掩不住的骄傲,是从内心深处流淌出来的。多年以后,我见到了他的妻子,内敛含蓄、端庄大方,犹如一幅安静的画,与激情飞扬的周先生形成美好的互补。似乎他们是一杯绿茶与一杯红酒,在阳光洒满桌面的午后,将好看的影子,映在窗前。

这是我所希望的岁月静好,身处繁华的北京,却能如此淡然、从容。不管风从哪个方向吹来,不管天空是阴霾还是雨雪,两个人只倚靠在一起,读书、喝茶、说说闲话。风吹动窗帘,发出响声,阳光下有尘埃飘浮,一切都是静寂的。被高楼大厦包围的城市,远在天边。

我完全不会预料到,我最终去了一座遥远的边疆城市,一座可以看得到大片云朵和饱满月亮的城市。呼和浩特除了经常被人误称为"乌鲁木齐"之外,它还有一个诗意的别称——青城。我的住处,可以看到环绕着整座城市的山脉——大青山。冬天,黛青色的山上覆盖着厚厚的雪,那雪以千年不化的深情,优雅地簇拥在山顶。白雪之上,是蓝得让人晕眩的天空。有时,那里涌满了起伏的云朵,它们以与世无争的闲适,飘浮在青山之上,不言不语,淡定开阔。有时,那里什么也没有,除了空,还是空,无边无际的空,席卷一切的空,忘记万丈红尘的空。

我还去了草原,坐落在中国最北方的呼伦贝尔草原。我为那里写了一本书。事实上,这远远不能回馈这片草原所给予我的写作的影响。它以辽阔与静默之姿,给予我洗涤与净化。而我的审美,也慢慢跳出四角天空下的庭院和白雾缭绕的苹果园,开始以泼墨般的大写意,向着苍茫的草原,绵绵不绝地延伸。

当然还有戈壁,位于黄河沿岸的寂寥的戈壁,那里人烟稀少,大风呼啸。沙蓬草在风中孤独地奔跑过荒凉的大地,芦苇向着高高的天空上无尽地伸展,一只大鸟鸣叫着飞过浩荡的黄河,被千万年的风吹过的岩石,裸露在高低起伏的大地上。一切都是静默的。包括被这苍凉荒芜之美,震慑住的我。

我因此感激命运,将我带到了这里,让我驻足在这里,生下一个说着蒙语的女儿,并用被壮阔之美洗涤过的文字书写这个世间的一切。善与恶,美与丑,它们终将被大地包容,被命运包裹,并在我笔下的文字中,给予悲悯。

是的,悲悯。我在这样距离天地自然最近的北疆之城,写下这个词语。我在这里定居了八年,却改变了我整个的人生和写作的方向。

我从泰山脚下小小的乡村出发,最终抵达这里。

我终究属于这里。正如我终将使用文字,记录人生所有。

是为记。